KB260251

기가 센 여자

기가 센 여자

김가영

미래문화사

지금 이 나이가 되어도 열 잘 받고 흥분하는 성격은 여전하다. 속마음을 감추고 겉치레의 말을 못하는 것도 그대로 있다. 마음에 없는 얘기는 하지 못한다는 얘기다. 그런 것이 어렸을 때는 그런대로 지나칠 수 있다고 하지만 어른이 되면 맹점이라는 것을 잘 알고 있다. 알면 알수록 더 일직선이 되고 단순세포화되어 가는 자신이 한심스럽다.

그러나 좋든 싫든 인간은 무한한 가능성을 갖고 살아간다. 그것이 인간의 재미있는 부분이고 또 훌륭한 부분이라고 생각한다.

나는 내 자신을 포함한 모든 인간의 가능성을 믿으며 살아가고 싶다. 마음을 조금 더 비우고 별을 보고 꽃을 보는 것처럼 자유롭고 허심한 마음으로 사람을 보고 싶다. 머리로 판단하는 것이 아니라 사람의 있는 그대로의 모습을 받아들이고 싶다.

예를 들어 기(氣)가 센 여자가 남몰래 우는 것을 봤다 하더라도 놀라거나 감탄할 일이 아닌 것처럼.

김가영

차례
기가 센 여자/김가영

머리말 · 11

사랑의 고립 · 17

연인 같은 남편 · 21

비우면 찬다는 것을 · 25

립스틱 짙게 바르고 · 28

그녀의 향기 · 31

중년의 여인 · 35

핸섬 우먼 · 39

우리끼리의 얘기 · 43

술 이야기 · 1 · 46

또 하나의 연애론 · 48

하룻밤의 정사 · 52

운이 나쁜 해 · 58

아름다워서 좋은 거리 · 61

나만의 공간 · 64

여성적 요소, 남성적 요소 · 68

내가 생각하는 스타론 · 71

나의 직업의 사치 · 73

바 재즈 스토리 · 76

연인들의 약속 · 79

남자의 센스 · 81

가슴에 고인 슬픔 · 83

내가 좋아하는 남자 ···86

'안녕'이라는 그 말 ···89

남자의 불륜 심리 ···92

나에게 있어서의 최고 ···95

러브스토리의 부재인 TV드라마 ·························98

작가 테네시 윌리암스 ···101

사랑과 거짓 ···104

나름대로의 행복론 ···107

기가 센 여자 ···110

죽음에 대한 소망 ···113

당신의 뜻대로 ···116

상처 ···120

오월에 쓰는 편지 ···123

여자의 우정 ···126

그런데, 이번 여름엔 ···130

반쪽의 행복 ···133

별 쏟아지던 밤 ···136

향수에 대한 이야기 ···139

남자에게 ···142

중년 남자에게 ···146

그날 이후 ···150

꿈도 야무지게 ···152

매력적인 사람 · 154

오직 한 길의 힘 · 157

당신이 안전주의를 선호한다면 · · · · · · · · · · · · · · · · 159

잃어버린 시간의 의미 · 161

칭찬의 마력 · 164

있는 그대로의 자기 · 166

서점에서 연인과 함께 · 168

매력의 꽃 · 170

그녀가 있었던 가을 · 173

거의 백지 · 176

진심이라는 것의 함정 · 179

내가 나이고 싶어서 · 182

그리운 추억 · 185

남편이라는 이름의 적 · 189

술 이야기 · 2 · 194

글을 쓴다는 것 · 197

이별이라는 것 · 200

잠 못 이루는 밤에 · 203

중년부터의 사랑 · 207

사일 간의 사랑 · 211

매력적인 여성 · 215

그녀의 무덤 앞에서 · 219

아주머니라고 불리우고 ······················223

또 하나의 나 ······················227

만남의 미학 ······················231

거울 속의 나 ······················235

사랑의 근원 ······················238

고독이라는 것의 힘 ······················242

자신을 사랑할 때 ······················246

버려진 약속 ······················250

비밀과 추억 ······················254

책과 나 ······················258

행운을 잡을 수 있는 남자 ······················261

아무도 없는 곳 ······················264

여류 시인과 수필 ······················267

여성시대, 그리고 수필가 ······················271

나의 로맨스 ······················277

남자와 여자에 대해서 ······················281

벚꽃 흐드러진 날 ······················285

한여름, 헤밍웨이 ······················293

그렇게 남의 속도 모르고 ······················298

사랑의 고립

사람은 왜 자기가 사랑하는 것, 자기에게 있어서
가장 소중한 것이 잘 보이지 않는 것일까.

스칼렛 오하라가 비로소 레트 버틀러에 대한 사랑에 눈을
떴을 때 그는 정말 냉정한 대사를 남기고 떠나 버렸다.

"당신이 없으면 난 어쩌면 좋지요?"

하고 울먹이는 스칼렛에게 레트가 말한다.

"당신이 어쩌든 난 전혀 흥미가 없어."

라고.

그토록 그녀에게 집착했던 남자가 최후에 내뱉은 말은 너
무나 큰 충격이었다.

원래 그 대사는 영화 속에서 크라크 케이블이 하는 것이
고, 그는 대본에 적힌 대로 말하는 것에 지나지 않지만. 어
쩌면 원작에는 조금 둘러서 그녀를 거절했을지도 모른다.

어느 쪽인가 하면 그 최후의 말은 영화 쪽이 강렬했고 어
떤 면에서는 멋이 있었다. 크라크 케이블이기 때문에 말할
수 있었고 그였기에 어울렸다. 그가 말했기 때문에 스칼렛뿐

만이 아니라 모든 여성의 가슴에도 깊은 상처를 남긴 것이
다.

모든 여성까지야 아니더라도 이 세상에 스칼렛 같은 여자
가 얼마나 많은지. 그리고 레트 같은 남자도. 게다가 스칼렛
과 레트와 같은 부부 관계도 많다.

여자라면 많든 적든 스칼렛의 요소를 갖고 있고 또 남자들
역시 레트를 자신 속에 숨기고 있다.

'당신이 떠나면 난 어쩌지요' 하는 말을 나는 곧 죽는다
해도 할 수 없는 내 스스로가 두려울 때가 있다. 죽는 순간
까지 그런 말을 할 수 없는 인간임을 내 스스로가 알기 때문
이다. 떠나겠다고 하는 남자의 등뒤에다 대고 '어머! 그래
요? 그렇게 하세요'라고 할지는 모르지만.

솔직하지 못하고, 허세를 부리고, 그래서 귀염성이 없는
여자. 사실은 누구보다도 떠나지 말아 달라고 발을 구르며
매달리고 싶을 만큼 약하면서.

나도 스칼렛을 너무 좋아하고 흉내를 내 보고도 싶지만 그
런 면에서는 어림도 없다. 스칼렛은커녕 스칼렛적인 여성도.

그러면 스칼렛적인 여성은 어떤 것인가. 한마디로 고립해
있는 여자다. 남자로부터 동성으로부터 세간으로부터. 모든
것으로부터. 결국엔 사랑으로부터도.

그녀가 강하게 보이는 것은 갑옷을 입고 있기 때문이다.
내부가 약하면 약할수록 갑옷은 두터워지고 무장을 엄중하

게 하게 된다. 대개의 사람은 그것을 모르고 그녀의 갑옷과 무장에 대해 반발한다.

결국 대응하는 사람이 있는가 하면 조금 부딪치거나 다치거나 하면 헉헉거리며 달아난다.

사랑으로부터 고립되어 있는 것은 스칼렛 혼자가 아니다. 레트 버틀러도 마찬가지다. 그도 갑옷을 입고 무장하지 않으면 안되는 종류의 남자였다.

그런데 약한 듯 보이는 아슈레이 같은 남자가 무장도 하지 않고 갑옷도 입지 않은 채 세간과 싸워 나가는 것이 참으로 놀랍다. 그는 금방이라도 쓰러질 것 같고 여자가 지켜 주지 않으면 단 하루도 살아갈 수 없는 남자였다.

그러나 정말 사랑을 필요로 한 것은 외견적으로 무례한 레트 쪽이었다.

스칼렛은 전혀 다른 두 남자의 마음을 동시에 읽을 수 없어서 약자인 아슈레이를 원한다. 그것이 비극의 시작이기도 하지만.

결국 그녀는 레트와 결혼하지만 갑옷으로 중무장한 인간끼리였기 때문에 결혼은 그야말로 전장이 되고 만다. 어중간한 칼로는 상대를 찌를 수가 없다. 상대를 치명적으로 상처 입힐 말, 그것은 두꺼운 갑옷을 뚫고 심장을 찌를 수 있는 비수와 같은 한마디면 충분하다. 사실은 누구보다도 약한 심장이기에.

쌍방이 서로 만신창이가 되어 달아나는 것이다. 그것이 사랑으로부터의 탈주, 사랑의 고립인 것이다.

사람은 왜 자기가 사랑하는 것, 자기에게 있어서 가장 소중한 것이 잘 보이지 않는 것일까. 예를 들어 보였다 해도 그것을 솔직히 가슴에 품어 소중하게 여길 수 없는 것인지.

연인 같은 남편

남성은 남편으로 있는 것보다 연인으로
있을 때가 따뜻하고 더 나약하다.

결혼을 사랑의 성취로 받아들이는가 어떤가는 달리 두고라도 사랑은 결혼이라는 형태로 종결된다.

결혼을 해서도 연애를 지속할 수 있다는 사람도 있지만, 남녀가 입적하게 되면 사랑의 확보에 의해 연애가 소멸된다고 해도 지나친 얘기는 아니다.

왜냐하면 호적에 오름과 동시에 한국 법률의 보호를 받게 되기 때문이다. 사회로부터 법에 의해 보호받고 법적인 권리를 갖는 관계라는 것은 이미 연애관계는 아니다. 연애라는 것은 서로를 사랑하는 것 외에는 아무 것도 부수되지 않는 관계이기 때문이다.

메릴 스트립과 로버트 드니로가 주연한 영화 〈폴링 인 러브(사랑에 빠져서)〉가 있다.

거기에서 얘기하는 것은 정말 사랑하는 상대와는 쉽게 잘 수 없다고 한다. 메릴 스트립이 얘기를 한다. 성적인 관계가 생겨 버리면 언젠가 그것은 끝날 때가 오고 만다고. 섹스의 시작은 이별의 시작이라는 얘기다.

결혼은 다르다. 생활이라든가 가족문제가 섞이기 때문에 반드시 잃어버리는 것이 있다. 두근거림. 다시 말해서 연심(戀心)이다.

연심이 죽어서 생활이 영원히 계속되는 것, 그것이 결혼이다.

영화 〈폴링 인 러브〉에서는 정말 반한 상대와는 잘 수 없다고 한다. 왜일까? 상대를 잃어버리는 순간이 보인다는 것도 그 이유 중의 하나이다.

목숨 바쳐서 좋아하니까 일생 상대를 잃고 싶지 않은 것, 적어도 사랑의 끝의 수라장을 보고 싶지 않은 것이다. 섹스라는 것은 상대에게 주는 것보다 뺏는 면이 있다.

부부란 무엇인가, 결혼이란 무엇인가라는 질문에 선뜻 대답할 수 있는 사람이 있을까.

한 여자와 한 남자가 만나서 공동생활을 하는 것, 사랑하기 때문에 함께 생활하고 싶은 것이겠지만 생활을 하기 위해서 부부란 형태는 편리한 것이다. 남자와 여자의 특성을 이용해 가면서 생활을 만들어 가니까.

남자만이라면 또는 여자만이라면 어느 쪽인가의 특성에 치우치기 때문이다.

그렇다면 결혼은 양성의 밸런스 위에 건전한 장소를 만드는 것이다.

부부가 된다는 것의 하나의 의미는 생활하는 데 편리함이고, 또 하나는 자손을 남기는 데 대한 안심감이라고도 할 수 있다.

현대사회에서 부부의 관계가 크게 흔들리는 것은, 남녀의 역할 분담이 명확하지 않게 되고 공동생활을 계속할 필요가 없어졌기 때문이다. 일을 가진 여성이 많아지고 출산에 대한 욕구가 희박해졌다는 것도 이유 중의 하나이다.

결혼은 사랑하는 두 사람이 함께 생활하는 것이다. 그러나 함께 생활하는 것은 두려운 것이다. 결국 결혼한다는 것은 단순한 선택이 주어질 뿐이다. 타협하면서도 그 사람과 살고 싶은가, 아니면 함께 생활할 경우의 괴로움이 두 사람이 함께 있을 때의 즐거움을 능가하는가 중 어느 쪽인가이다.

이상적인 것은 매일 함께 생활하는 상대가 누구보다도 좋아하는 사람이었으면 하는 것이다. 그렇게 되기까지는 서로 상대에게 깊은 관심이 없어서는 안된다.

부부라는 것은 자신을 가장 잘 알고 있는 연인이면 이상적이다. 법률상으로도 맺어진 연인.

연인 같은 아내, 연인 같은 남편. 적어도 경우에 따라선 남편이 연인적인 남편이면 더 바람직하다. 남성은 남편으로 있는 것보다 연인으로 있을 때가 따뜻하고 더 나약하니까.

　　그러나 남성은 습관에 애착을 갖는 동물이다. 편안한 자기
집, 편안한 아내에 대한 신뢰는 아내에게 등을 돌리고 자도
상관없다는 식이 된다. 연인 같은 남편은 아내들이 바라는
희망사항일 뿐 그 어디에도 존재하지 않는다.

비우면 찬다는 것을

자신을 발견하는 여행을 일생의 명제로 품고 있는 것이야말로 참으로 인상적인 삶의 모습이다.

인생의 손과 득의 계산 면에서 그 사람이 잘 살았다고 생각하는 일생이라면 득이 되는 것일까. 새삼 궁금해질 때가 있다.

인간으로서 더 깊은 것을 생각하지 않으면 안될 때 나는 사랑에 빠져서 상대방과 일심동체가 되는 것에 한결같이 열중했다.

자아를 직시하는 것은 괴로운 일이었다. 그 괴로움에 부딪치지 않으려고 사랑이나 결혼에 도망쳤던 나의 이십대가 지금도 아쉽고 후회스러울 때가 있다.

자아에 눈을 뜨는 자각을 잘라내 버린 것이 나의 출발을 다른 사람들보다 10년을 늦게 한 원인이었다.

그러나 10년이 늦었다고 해도 30대라면 아직 충분하다. 아니 30대에 한한 것이 아니라 40대이든 50대이든 자아에 대한 인식을 위한 투쟁에는 빠르고 늦음이 없다.

자신을 발견하는 여행을 일생의 명제로 품고 있는 것이 더 인상적인 삶의 모습이라는 생각이 든다.

내가 자신을 직시하는 것을 배운 것은 수필이라는 형식을 빌려 글을 쓰기 시작하면서이다.

수필을 쓰려면 마음을 직시해야 한다. 시든 소설이든 마찬가지다.

나는 나 자신과 정면으로 마주 보는 것에 의해서 타인에게 좋게 보이고 싶다는 욕구는 모습을 감췄다. 맹점도 장점도 포함해서 자신을 수용하게 되었다. 비로소 안심하고 타인에게 마음을 열 수 있게 되었다.

그렇게 될 때까지의 오랜 세월을 돌이켜보면 나이를 먹는 것이 아주 쓸데없는 일은 아니라는 생각에 안심을 한다.

지금은 보이지 않는 것이라도 1년 후나 2년 후가 되면 보인다는 것이 세월의 고마움이다.

젊었을 때는 이것만이 생명이라고 붙들고 있던 것이 세월이 흐를수록 손에서 놓을 수 있다. 인간은 의식하든 하지 않든 어딘가에 진실을 바라고 본질을 알고 싶다는 욕구가 있으니까.

지금 생각해 보면 사람들에게 좋게 보이고 싶다거나 그들에게 받아들여지고 싶다는 욕구는, 내가 내 발로 인생을 살아가지 않았기 때문에 일어난 욕구였다. 외적인 현상만을 좇

 기가 센 여자

고 자신을 잃어버리고, 타인에게 애정을 바라기만 할 뿐 자
신은 열려고 하지 않는 것.

타인에 대한 욕구는 겉돌고 자신을 속박하고 부자유스럽
고 편협하게 만들었다. 욕구는 결코 충족되지 않았다. 누구
도 자신을 알아주지 않는다고 쉽게 나 자신을 닫아 버렸다.

비우면 찬다는 것을 조금이나마 알게 된 것은 50이 가까운
이 나이가 되어서이다.

립스틱 짙게 바르고

문장이 한 줄도 머리 속에 떠오르지 않을 때는 립
스틱이라도 짙게 바르고 외출해 버렸으면 싶다.

좀체로 원고의 첫줄이 잡히질 않는다. 이런 일이 한두 번 있는 것이 아니니까 새삼스러울 것은 없지만.

부엌으로 가서 커피 끓일 물을 올리고 첫문장을 이리저리 머리 속에서 만들어 본다. 대개 커피 물이 끓고 컵에 커피를 탈 때면 그럭저럭 문장이 한 줄 머리 속에서 나오는데 이 아침은 전혀 아니다.

그러나 그것도 특별히 예외랄 것도 없다. 흔히 있는 일이다. 커피를 한 모금 마시고 컵을 들고 다시 책상 앞에 앉는다. 다시 한 모금 마시고, 책상 위 주변 정리를 하고, 연필도 깎고. 그래도 안 된다.

부엌으로 다시 나와 어정대다 안방으로 간다. 침대 옆 경대 앞에 앉는다. 매니큐어를 지우고 다시 바르고. 그래도 안 된다.

경대 서랍을 연다. 립스틱이 수두룩하게 있는 것을 보고 새삼스럽게 놀란다. 어느 사이에 나의 나이만큼이나 이렇게 많아졌나 하고.

그도 그럴 것이, 나이 탓인지 립스틱이 소중한 액센트가 되었다. 여름에 햇볕에 탔을 때는 오렌지 계통이어야 잘 어울린다. 그래서 탄 것이 벗어질 때까지는 당연히 오렌지 계통을 많이 사들이게 마련이다.

겨울이 되면 탄 것이 벗어지고 검정색 계통의 옷을 즐겨 입으니까 빨간색 립스틱이 자연 많아지게 된다.

하나를 사면 끝까지 다 쓰질 못하는 성격이어서 쇼핑할 때마다 사고 또 사들이니 많아질 수밖에 없다.

전에는 외출할 때 립스틱을 바르면 그뿐이었다. 가지고 나가는 것을 잊어버려서 밖에서 시간이 남으면 또 사곤 했다.

그런데 최근에는 외출할 때 립스틱을 잊어버리는 일이 없다. 피부색이 텁텁하고 립스틱이라도 확실하게 바르지 않으면 왠지 병자 같은 느낌이 들기 때문에, 갖고 다니는 데 비교적 신경을 쓰는 편이다. 다른 것은 심한 건망증으로 잊어버려도 립스틱만은 절대로 하는 식으로.

그러나 점점 20대, 30대에 쓰던 색깔들, 예를 들어 핑크계나 베이지계 등이 어느새 어울리지 않는다는 것이 슬프다.

외출할 때마다 립스틱을 바르면서 임주리의 〈립스틱 짙게 바르고〉란 노래를 떠올리곤 한다. 립스틱 짙게 바르고란 짙게 발라야만 하는 나이 중년. 중년의 여인의 심정이라고 생각하며 중년인 나의 심정과 겹쳐서 생각해 본다.

립스틱 얘기를 하다 보니 잠깐 잊었던 원고가 다시 걱정이다. 다시 책상 앞으로 앉는다. 경험으로 봐서 이래도 저래도 안 될 때는 누군가에게 편지를 쓰면 실타래가 풀리는 경우가 있다.

그러면 누구에게 편지를 쓰지? 아무리 생각해도 쓸 상대가 없다. 친구? 형제? 애인? 아무리 생각해도 없다.

이런 날은 립스틱 짙게 바르고 외출이나 해 버릴까 하는 생각이 든다.

 기가 센 여자

그녀의 향기

여자는 어떤 꽃이든 닮아 있다. 그리고 그 꽃이
갖고 있는 향기가 그 사람의 향기인 것이다.

어떤 여자도 꽃에 비교할 수 있다고 생각한다. 빨간 장미 같기도 하고 하얀 백합 같기도 하고 코스모스 같기도 하고 나는 여자들에게서 그런 느낌을 받을 때가 많다.

나는 꽃 중에서 코스모스를 가장 좋아한다. 물론 코스모스처럼 청초 가련한 모습의 여자하고는 거리가 멀지만 자기가 좋아하는 꽃이 자기를 닮는다고는 할 수 없다.

얼마 전 나의 생일 때 여러 사람들로부터 꽃을 선물 받았다. 이상하게도 그 어떤 것도 빨간 장미였다. 나의 인상이 설마 빨간 장미 같다는 의미에서는 아니겠지만. 그렇게 생각해서 보내 준 친구도 있을지 모르겠다. 아무튼 기뻤다.

몰래 나 자신을 꽃에 비교한다면 어떤 꽃일까 하고 생각해 보았다. 해바라기가 아닌가 하는 생각이 내심 들었다. 멋없고 별로 향기 없는 꽃. 하지만 어쩔 수 없다.

여자는 그렇게 어떤 꽃이든 닮아 있다. 그리고 그 꽃이 갖고 있는 향기가 그 사람의 향기인 것이다. 그 사람에게 가장 어울리는 향기.

그래서 코스모스 같은 여자가 동물성의 진한 향수를 뿌려도 이상하고 해바라기 같은 내가 환상적인 냄새를 뿌려도 어울리지 않는다.

그 꽃에 가장 가까운 향기를 살짝 뿌리는 것이 좋다는 생각이 든다.

향기는 또 그 사람의 이미지라고도 할 수 있다. 즉 그 사람답다라는 얘기다. 그것이 곧 그 사람의 향기인 것이다.

가장 그 사람답다고 언제나 느끼는 사람은 F.사강이다. 사강답다는 것을 가장 잘 풍겨 주는 작가이다.

그 사강답다는 것이 무엇인가 하면, 연애에 있어서 일종의 권태, 허무감, 댄디즘이 있는데 그것 또 어떻게 설명하기 어렵다. 말하자면 사강미학이라고 할 수밖에 없다.

더 설명을 하자면 주인공 또는 등장인물이 부르주아의 세계에 소속되어 있고, 테마가 남자와 여자이고, 결코 정치나 사회 비평이 표면에 나타나지 않고, 그렇다고 해서 읽은 후 뒷말이 어둡지 않고 하는 것 등이다.

그런 조건을 모두 만족시키면서 또 문체에 시(詩)와 냉담한 정감을 나타내면 그것이 사강미학인 것이다.

정치나 사회에 대한 얘기를 결코 쓰지 않고 남자와 여자의 애정만을 집중해서 소설이나 희곡을 쓰면서 세계적 여류작가의 지위를 확보하고 있는 여자는 정말 드물다. 이 세상에 남자와 여자가 있는 한 사강미학은 계속해서 살아 남을 것이라는 생각이 든다.

사강의 단편집 ≪레드와인에 눈물이≫는 남자와 여자, 얄궂은 결말, 남녀의 너무도 세련된 대화, 문체에 흐르는 서정 등 그 어떤 것을 봐도 사강의 전반의 소설 ≪뜨거운 사랑≫이나 ≪브람스를 좋아하십니까≫ 등이 흐르고 있다.

조금 다른 점이 있다면, 역시 여자의 늙음과 남자의 늙음을 다루는 것이 많아졌다는 점이다. 사강 자신도 ≪슬픔이여 안녕≫을 썼을 때와는 달라졌으니까.

그녀도 파란만장하게 인생을 살고 남성과의 관계, 괴로움, 불안 등이 나타나 작품에 연령을 느끼게 한다. 섬세하고 작은 정경의 묘사 속에 사강 자신의 애증과 괴로움, 갈등 등이 보여 아주 흥미롭다.

타이밍의 문제의 한 구절이다.

'나는 외출하고 싶지 않아' 하고 말하고 그는 포켓에서 담배를 꺼내 한 대 피워 물었다. 그녀는 살짝 웃고 빠른 동작으로 작은 라이터를 던져 줬다. (중략) 그는 공중에서 그것을 잡았지만, 라이터가 직전까지 사람 손에 있었다고는 생각할 수 없을 만큼 차가운 데 놀랐다.

라이터 하나로 이 남녀의 관계가 이미 차가워졌음을 충분히 알려주고 있다. 그런 풍경은 아마 체험자밖에 쓸 수 없는 것이 아닌가 한다.

무엇인가 아쉬운 듯한 밤에는 역시 사강다운 사강의 책이 어울린다. 짚이는 구석이 있는 심리 묘사가 여기저기 있어서 문득 마음이 온화해진다. 그녀만이 갖고 있는 향기 때문일 것이다.

중년의 여인

중년 아주머니에게는 객관적인 이미지가 결여되
어 있기 때문에 나이 들어 보이는 것이다.

무농약 자연식품, 건강식품만 먹고 에어로빅이다 찜질방
이다 피부관리다 하면서 다니는 중년 여성보다는 불섭생이
지만 웃을 수 있는 선술집의 마담이 훨씬 젊어 보인다.

아무리 찜질방이다 피부관리다 해도 끝난 다음 남편에게
잔소리나 하면 마찬가지다. 효과가 없다.

책임 전가, 그것처럼 사람을 빨리 늙게 하는 것도 없다는
생각이 든다.

나이가 드는 것을 네거티브(negative)하게 받아들이는가
포지티브(positive)하게 받아들이는가에 따라 그 사람의 인
생은 달라진다. 물론 객관적 이미지라는 것이 단체에 맞추라
는 얘기는 아니다. 공기와 조화가 되어 있는가 없는가 하는
것이다.

나이만 가지고 젊었다 늙었다를 판단하는 것은 좀 불만이

다. 젊으면 그것으로 훌륭하다고 생각하는 것에도 불만이다. 그리고 나이가 들었다고 해서 성숙한 여성이라고는 생각하지 않는다. 정신 연령이라는 것이 있기 때문이다.

얼마 전만 해도 여자들은 일정한 연령을 넘으면 모두 아주머니라는 하나의 단위로 묶었다. 요즈음 들어 아주머니가 클로즈업되는 것은 그것에 반발하는 여자가 많기 때문이다.

예전에는 미혼 여성만 빼면 아주머니가 되는 것이 보통이었다. 그때만 해도 여자들은 자연스럽게 여러 가지를 포기했다. 그런데 지금은 다르다. 말이 아주머니지 미혼 여성과 구별할 수 없을 만큼 젊고 아주머니 냄새가 풍기지 않는 여성들이 많다.

병과 늙음이라는 것은 근본적으로 다르다. 병은 회복이라는 것이 있지만 늙음이라는 것의 앞에는 죽음이 있을 뿐이다.

그러나 대개의 사람들은 그 공포에서 벗어나려고 한 나머지 자신의 늙음을 병과 바꾸려는 어리석음이 있다. 그리고 오지도 않을 회복을 기다린다.

늙음이라는 것, 중년이 된다는 것은 인간의 체형이 바뀌는 것이다. 아무리 타고난 여자라도 20대의 팔과 다리를 영원히 가질 수는 없다.

피부도 처지고 주름도 생기고. 그래서 몰래 다이어트도 해 보고 피부관리나 에어로빅을 다녀 보지만 어쩔 수가 없다.

 기가 센 여자

그때의 명목은 조금이라도 노화를 방지하자는 차원의 겸허함뿐이다.

그것도 얼마 지나지 않아 여자들은 노력하는 것보다 마음속에서 바꿔치기를 하고 만다. 자신이 늙어 가는 사실에 눈을 감고 바로 애꿎은 다이어트를 계속한다.

늙는다는 것은 슬픈 일이다. 자신이 중년 아주머니라는 것을 인정하는 것 또한 괴로운 일이다. 그것을 받아들여야 할지 애꿎은 다이어트를 계속해야 할지, 우리 또래의 여성들은 정말 흔들린다.

곤란한 것은 죽음을 체념한 노인은 나름대로의 운치가 있지만, 중년 아주머니의 위압적인 체념의 태도는 세간의 비난이 심하다.

누구나 나이를 먹는다. 그런데 어째서 세간은 40대 후반의 여성에게 그토록 차가운지 모르겠다.

이유가 없지는 않다. 중년 아주머니들은 길을 걸을 때도 나란히 서서 길을 막고 걷는다. 뒤에서 오는 사람이건 앞에서 오는 사람이건 지나가고 말고에는 전혀 신경을 안 쓴다는 얘기다.

뷔페에 갔을 때도 한껏 욕심을 부린다. 테이블 위에 접시를 산더미같이 쌓아 놓고 가져온 음식을 다 먹지도 않고 남기고 다시 가져온다. 욕심이다. 놓여 있는 순서대로 음식을 집으면 될 것을 애꿎은 다이어트 때문에 처음부터 과일이다.

과일, 커피 하다가 다시 처음부터 먹기 시작한다. 디저트부터 먹고 메인을 먹으니 그것이 꼴불견이라는 얘기다.

물론 젊은 여성들도 마찬가지지만. 그래도 그녀들은 아주머니들만큼 미움을 안 받는다. 젊고 이쁘기 때문이다. 그래서 나름대로 용서를 받는다.

중년 아주머니의 최대의 난점은 앞서 얘기한 책임 전가다. 애들 책임, 남편 책임. 모든 것에 대한 책임 전가다. 책임 전가는 자신을 객관화해서 볼 수 없게 만든다.

중년 아주머니에게는 객관적인 이미지가 결여되어 있기 때문에 나이 들어 보이는 것이다. 없는 것을 한탄하니까 그렇다. 자기에게 어떤 것이 어울리는가 하는 기준을 갖는 것이 아름답고 우아한 중년이 되는 길인 것을.

핸섬 우먼

핸섬 우먼은 언제나 자기 속에서 자기와 대화하
면서 자신의 방향을 찾아가는 여자이다.

핸섬하다는 말은 원래 남성을 형용하는 말이었지만, 최근
엔 여성에 대한 최고의 칭찬의 말로써 미국이나 영국에서 많
이 사용되고 있다. 다시 말해서 아름답다든가 차밍하다든가
귀엽다는 것만으로는 여성을 표현할 수 없는 시대에 들어섰
다는 얘기다.

핸섬한 여성이라는 것은 아름답고 지적이고 스포티하고(물
론 운동을 할 줄 알고) 자립해 있어야 한다. 홀로서기가 되어
있어야 한다는 얘기다.

한마디로 자립해야 된다고는 하지만 그 형태는 천차만별
이다. 그러나 분명한 것은 자립해야 한다는 얘기는 최소한
자신에 대한 책임은 자신이 질 수 있어야 한다는 것이다.

얼마 전만 해도 직업을 갖지 않은 여자는 마치 자립하지
못한 것처럼 생각하는 경향이 있었다. 특히 전업 주부에게

그런 식의 평가를 하던 때도 있었다. 그러나 그것은 대단히 잘못된 생각이다.

경제적인 자립만이 여자를 자립시키는 것은 아니다. 자립할 수 있는 요소에 일부 도움은 될지언정. 기본적으로 자신을 돌볼 수 있느냐 없느냐 하는 것이다. 타인에게 의지하지 않는 자세, 그것이 자립이다.

타인에게 기대를 하면 불만이 생긴다. 타인이 나의 기대치에 맞게 행동해 주는 일이란 거의 없다. 기대치에 어긋났다고 불평 불만을 해도 결국 남는 것은 허무감뿐이다.

자기 자신에게 기대해 보는 것, 그쪽이 훨씬 더 멋있다. 왜냐면 보답이 오니까. 사람은 자기 자신만큼은 배신하지 않기 때문이다.

그러면 자기 자신에게 기대하는 것은 어떤 것인가. 자신을 위해 지금부터라도 투자를 해 두는 것이다. 자신을 키운다는 생각으로. 아름답고 멋있는 50대, 60대를 보내기 위해서라도 말이다.

우리는 지금 인생 80년 시대에 살고 있다. 그저 그냥 에어로빅이다 피부관리다 하며 지내기엔 시간이 너무 아깝다. 얼마든지 있을 것 같은 시간도 어느새 흘러 버린다. 특히 여자의 나이 마흔을 넘으면.

일을 택할 것인가, 결혼을 택할 것인가의 선택에 망설이는 것은 언제나 여자였다. 남자가 일이냐 결혼이냐를 놓고 고민하는 것을 본 일은 없다.

　그러나 지금은 여자도 일과 결혼 양쪽을 다 선택한다. 물론 그것은 두 개의 직업을 동시에 갖게 되는 것과 같다. 여자의 입장에서는. 그래서 보통의 각오와 남편의 협력이 없으면 어려운 일이지만 선택한다. 그것은 기성의 가치관에 타협하지 않고 자신만의 인생을 만들어 나가는 여성들이 많아졌다는 얘기다.

　의식을 가지고 한 사람의 여자로서, 한 사람의 인간으로서 살아가는 것이 새로운 시대의 새로운 삶이다. 강하고 늠름하고 만만치 않은, 거기에 인간으로서의 따뜻함을 잃지 않은 여성이 바로 핸섬 우먼이다.

　사람은 누구든 여행자라고 한다. 나름대로 자신에게 맞는 여행을 하면서 살아간다. 예전엔 여행지도 목적지도 타인에게 맡겼었다. 그러나 이제 여성들은 제 스스로의 여행길을 선택하고 나섰다. 자신의 인생을 타인을 위해서가 아니라 자기 자신을 위해서 살아야 한다는 분명한 목적지가 생겼다. 그러면서 성숙해졌다.

　성숙은 인생의 엣센스다. 불필요한 선입견이나 편견을 버릴 수 있고 한마디로 괜찮은 여자의 요소를 갖출 수 있게 됐다는 것.

　핸섬 우먼은 언제나 자기 속에서 자기와 대화하면서 자신의 방향을 찾아가는 여자이다. 현대적인 우아함을 갖고, 남자에게도 일에도 인생에 대해서도 해방감을 갖고, 자기가 무엇을 위해 태어났고 무엇인가를 위해 고민할 수 있는 여자. 세간과의 어설픈 타협을 싫어하고 자신의 인생을 창조하고자 하는 의지 있는 여자.

특히 사랑에서도 남자의 변심에 연연하지 않고 매달리지 않는 여자. 자신에게 어울리는 일과 옷과 친구를 선택할 수 있는 여자. 그래서 개성이 싹트고 매력도 생기는 것이다.

예전에 비해 그런 핸섬 우먼들이 상당히 많아졌다는 것을 요즘은 나는 절실히 느낀다. 내 가까운 주위를 둘러봐도 그렇다. 왠지 뿌듯한 마음이 든다. 그녀들을 보기만 해도.

우리끼리의 얘기

나이는 그 사람이 살아온 역사를 얘기하는 것이
다. 그 사람을 알기 위한 상대의 나이를 모르면
공통점이 보이질 않는다.

빈정거리는 얘기는 아니지만 한국 남자들처럼 여자는 젊
어야 한다, 젊지 않으면 여자가 아니다, 영계가 좋다 하는
식으로 떠드는 남자들도 드물다.

무슨 벼슬이라도 하는 듯, 대단한 얘기라도 하는 것처럼
큰 소리로 그런 얘기를 떠드는 남자를 보면 불쌍하다는 생각
마저 든다.

그런 얘기를 하는 남자들의 반은 결코 젊지 않은 남자들이
다. 어딜 봐도 중년인 아저씨들에 불과하다.

거울에 자신의 용모를 비추어 보고 나서 그런 소리를 하면
어떨까 하는 생각이 들지만, 각종 차별의식 위에 성립되어
있는 한국 사회는 그런 남자에게 누구도 이론을 제기하지 않
는다.

이론을 제기하지 않는 것은 물론 누구든 내심 그렇게 생각

하고 있기 때문에 동조한다. 마치 사회 전체가 여자는 젊음이 승산이라는 당연한 법칙에 의해 움직이는 느낌이다.

젊다는 것은 틀림없이 여자에게 있어서나 남자에게 있어서 최고의 보석이다. 젊음은 비길 데 없는 것이다. 피부의 탄력, 빛남, 반짝거림, 균형잡힌 체형, 넘실대는 머리카락.

외견적인 아름다움은 말할 것도 없고 젊은 정신도 견줄 데가 없을 만큼 소중한 것이다. 그러나, 그러나다. 그렇다고 해도 사람은 누구나 언젠가는 젊음과 결별하고 중년이라는 영역에서 노년이라는 영역을 향해 갈 수밖에 없다.

젊고 반짝이는 계절이라는 것은 긴 인생 중에 아주 짧은 한 때, 한 순간뿐이다. 불꽃놀이와 같은 계절이 끝나면 누구든 중년이 되고 노년이 되고 최후에는 죽는다.

그런 것을 모르고 남자들은 여자는 젊지 않으면 안된다라는 고정관념에 사로잡혀 젊은 여성들의 아름다움만 바라고 있다. 늙어 가는 자신을 몰래 거울에 비추어 보고 한숨을 쉰다는 것은 얼마나 어리석은 짓인가. 여자든 남자든.

젊은가 그렇지 않은가로 사람의 아름다움을 평가하는 것은 잘못된 일이다. 여자도 나이가 들면 속으로는 젊은 남자 쪽이 좋다고 생각한다. 나 역시도 그렇다. 젊은 남자들을 보면 두근거리고 배가 나온 중년 아저씨를 보면 은근히 불쾌하다.

얼굴의 주름, 처지는 피부를 어떻게 해서든 막으려고 목숨

걸고 외견적인 것에만 신경을 쓰는 여자들도 있다. 막대한 돈을 들여서라도 늙어 가는 것을 어떻게든 막아 보려고.

어느 때이든 그런 여성이 있기 때문에 남자들은 여자는 젊어야 한다는 폭언을 하는 것이다. 그런 폭언이 난무하는 곳은 한국뿐이라는 생각이 든다.

나이를 지나치게 숨기는 여자들도 많다. 그것도 이상하다. 나이는 그 사람이 살아온 역사를 얘기하는 것이다. 그 사람을 알기 위한 상대의 나이를 모르면 공통점이 보이질 않는다. 투명 인간과 얘기하는 느낌이 든다.

한국 여자는 대체로 남성 사회에 지나치게 익숙해져 있다. 있는 그대로의 자기를 인정하려고 하지 않는다. 오히려 비하시킨다.

나이를 먹어도 아름다운 사람이 얼마든지 있다.

우리들 여성들은 남자들이 영계, 영계 하며 부르짖는 말에 너무도 쉽게 위축되어 버린 것 같다.

술 이야기·1

슬픔을 꿀꺽 삼키기 위해 마시는 위스키는 분위
기가 있다. 어쩌면 마음의 상처를 달래주는 술이
라는 생각마저 든다.

원고를 쓰다 마시는 차가운 레드와인 한 잔의 맛은 각별하
다. 레드와인은 차지 않게 마셔야 맛과 향이 좋다고 하지만
나는 차갑게 해서 마시는 걸 좋아한다.

최근에 쓰기 싫은 원고를 빨리 쓰는 방법을 나름대로 만들
었다. 고급 레드와인 한 병을 냉장고에 넣어 두는 것이다.
그리고 책상 앞에 앉아 두세 시간 원고에 집중한다.

보통때면 대여섯 시간 질질 끌 것을 와인을 마시고 싶은
일념에 집중, 분발한다. 이때가 마감이 지나 최종 마감의 원
고를 쓰기에는 최적이다. 집중해서 글을 쓰다가 한숨 돌리려
는 순간, 문득 냉장고에 넣어 둔 와인 생각을 한다. 부엌으
로 가서 냉장고에서 와인을 꺼내고 잔에 따른다. 시간은 마
침 늦은 저녁, 그때부터는 원고에 대한 생각은 잊혀진 존재
가 된다.

술을 좋아하는 얘기를 길게 쓰고 있지만 내킨 김에 좀더 써야겠다.

파티 같은 데서 와인이 아니라 위스키나 칵테일이 나올 때가 있다. 그럴 때 매우 곤란하다. 초저녁부터 위스키를 마시고 싶다는 생각이 안 들기 때문이다. 위스키는 담소라든가 대화하는 데는 어울리지 않는 술이라는 생각이 든다.

내 개인적인 생각으로 위스키는 고독한 이미지가 있다. 예를 들어 실연했다든가, 외국 영화에서 보는 장면처럼 남자가 이별을 결심할 때라든가, 조모가 돌아가셨을 때라든가, 그럴 때 슬픔을 꿀꺽 삼키기 위해서 마시는 위스키는 분위기가 있다. 위스키는 어쩌면 마음의 상처를 달래 주는 술이라는 생각마저 든다.

나는 와인을 좋아하고 즐겨 마신다. 그러나 괴로울 때는 술을 마시지 않는다. 홧김에 술을 마셔 본 경험도 없다.

〈철도원〉이라는 영화가 있었다. 인상적인 장면은, 한 소년이 허름한 선술집으로 들어오는데 소년의 아버지가 구석진 자리에 앉아서 싸구려 와인을 마시고 있다. 소년은 아버지를 찾아 그 앞에 가 앉는다. 아버지가 아들에게 잔 가득히 와인을 따라 준다. 두 사람은 아무 말 없이 와인을 마신다.

술은 좋은 사람과 마시는 것이 좋다. 그럴 때 어느 정도의 우정과 신뢰가 그 속에 담겨 있기 때문에.

또 하나의 연애론

남자의 구애를 기다리며 애타게 지내는 것은 그
다지 현명한 일이 아니다.

남자와 여자가 만나 결혼하기까지에는 두 개의 커다란 파
도를 넘어야 한다. 하나는 이쪽을 사랑하게 해야 하고, 두
번째는 결혼을 결심시켜야 하는 파도다.

연애를 경험해 본 사람이면 알겠지만 최초의 파도를 넘게
하는 것은 의외로 간단히 할 수 있다. 그러나 상대가 이쪽을
일생의 파트너로 선택하고 결혼을 결의하게 하는 파도는 처
음의 파도보다 열 배는 어렵다.

연애중이던 내게 한 선배가 조언을 해 주었다. 남자의 구
애(求愛)는 기다렸다고 해서 되는 것이 아니라고. 여자가 남
자에게 그런 마음이 생기게 해야 하는 것이라고.

그렇다고는 하지만 내 성격이나 외견상 전혀 어울리지 않
는 조언이었다. 상대가 구애해 올 때까지 기다리는 운명의
열쇠를 맡겨 놓는 기분이 들어서 내겐 어울리지 않는 것 같

 기가 센 여자

았다.

　나는 나의 인생을 전부 내 마음대로 조정하고 싶었다. 남자 쪽에 선택권이 있는 듯한 것이 싫었다. 자기가 좋아하지도 않는 남자에게서 구애받는다는 것은 불쾌한 일이다. 자신의 상대는 자신이 선택하고 싶고 이 남자라고 정하면 무엇이 어떻게 되든 상대를 내 쪽으로 돌려놓고 싶은 것도 사실이다.

　그렇다고 해서 내 쪽에서 결혼해 달라는 얘기는 하지 않았다. 그때만 해도 결혼이라는 것은 남자 쪽에서 원하는 것이지 여자가 결혼해 달라고 하는 것은 꼴불견이었으니까.

　연애라는 것은 다가오면 물러서고, 잡힐 듯하면 살짝 달아나고, 쫓아가 놓고 막판에 다시 달아나고, 그것이 연애론의 원칙이다. 조금 쫓아가고 많이 달아나는 것, 달아나려고 하는 것을 남자는 반드시 쫓아간다. 아마 그것이 남자의 본능일 것이다.

　여자는 자기한테서 달아나는 것을 쫓지 않는다. 어차피 쫓아갈 수가 없다는 것을 알고 먼저 포기한다. 그보다도 자신의 마음을 끌려고 달아나는 남자의 계산이 보이기 때문이다. 그래서 연심도 식어 버린다.

　남자에게는 달아나는 여자의 계산이 보이지 않는다. 남자가 둔한 것이 아니라 그런 것에 관해서는 여자가 훨씬 위다. 남자의 등은 무방비지만 여자는 다르다. 무방비한 등을 보이는 여자는 없다. 이 세상 어디에도.

어쨌든 남자의 구애를 기다리며 애타게 지내는 것은 그다지 현명한 일이 아니다. 상대에게 주도권을 주면 운명까지 좌우당하는 결과가 생기고 만다.

아무리 기다려도 프로포즈해 주지 않는 남자에게 '도대체 우리 결혼할 거야 안할 거야' 하고 묻는 것은 역효과만 낼 뿐이다. 그때는 다가설 것이 아니라 물러서야 한다.

물러서는 데는 용기가 필요하다. 만일 잘됐다 싶어 남자가 헤어져 버릴지도 모른다는 두려움이 있기는 하다. 그러나 밑져야 본전이라는 생각으로 하면 된다.

'왜 그렇게 서둘러' 하고 그가 말하면 '나도 여러 가지 생각 좀 해 봐야겠어' 하고 야릇한 뉘앙스를 풍기면서. 그리고 한 열흘 정도 연락을 끊는다.

그러면 남자는 '혹시 이 여자가 달리 좋아하는 남자가 있나' 하고 불안해진다. 다른 남자에게 빼앗기는 것을 싫어하는 것은 남자의 본능이니까. 그러면 그때는 다른 남자에게 뺏기지 않기 위해서 결혼하자고 할 것이다.

여자는 결혼 전에 울고 남자는 결혼 뒤에 운다는 서양 속담이 있다.

아무튼 남자들은 잘 생각할 필요가 있다.

'세상에 있는 모든 것은 손에 넣은 뒤보다 쫓아다닐 때가 꽃이다'라고 〈베니스의 상인〉에서 말했다.

 기가 센 여자

〈한여름 밤의 꿈〉에도 나오는 얘기다. 모든 것은 때가 올 때까지 익혀 두라고.

그러나 적도 만만치 않다. 원하면서 주겠다고 하면 몸을 도사리는 것 또한 남자의 심리다. 그러면 두번 다시 기회는 오지 않는다고 협박(?)이라도 하는 수밖에 없다.

결국 앞서 얘기한 원칙을 무시한 나는 여전히 독신이다.

하룻밤의 정사

결혼 상대라면 적당 선에서 타협을 하겠지만, 하룻밤 정사의 상대라면 절대 타협은 용서할 수 없다.

남자는 바람을 피울 수 있지만 여자는 절대 피워서는 안된다는 것은 거짓말이다. 사랑하지도 않는 상대와는 잘 수 없다는 얘기는 가장 바람직한 얘기다. 그러나 여자도 바람을 피울 수 있다. 하룻밤의 정사가 가능하다.

다만 윤리적·도덕적 또는 용기, 상황, 기회 등의 부차적인 것이 그것을 불가능하게 만드는 것뿐이다.

왠지 불륜붐이다. 윤리적·도덕적인 것에 대해 불감증인 시대라는 느낌이 든다. 애정불감증이랄까, 연애불감증의 시대이다.

사랑이라는 것은 이기주의적인 빗나간 감정, 완전하게 소유하려는 욕망이다. 사랑은 투쟁이다. 질투나 소유에서 오는 감정이기 때문에 표면적으로는 관용스런 태도를 보이는 경우에도 마찬가지다. 반드시 상대보다 애정이 강한 경우에 괴

로워하거나 상대를 괴롭히는 것에 괴로워하는 경우가 생긴
다.

불행하게도 그것이 언제나 같은 사람에 한한 것이 아니라
그런 관계가 거꾸로 되는 경우도 있다.

그러나 상대를 받아들이려는 따뜻함이 있는데 그것은 신
뢰이기도 하고 엘레강스이기도 하다. 유감스러운 것은 한 곳
에서 잃은 것을 다른 곳에서 찾으려는 것이다. 자신의 지위
또는 경제적 생활환경에 만족하는 사람은 별로 없다. 대개의
사람들은 그 불만을 연애관계에서 찾으려고 한다. 적어도 어
떤 면에서는 우월한 입장에 있고 싶기 때문이다.

실제 이길 수 있는 것은 아무 것도 없다. 그러나 한없이
주고 모든 것을 있는 그대로 두면 언제나 이기는 것이다.

누군가와 인간적인 관계에 있는 것은 그 사람과 대등한 입
장에 있고 연애와는 상관없이 신뢰를 갖고 애기할 수 있는
것이다. 우정이라고도 할 수 있는.

우정이 없는 연애란 두렵다는 생각이 든다.

사람을 사랑한다는 것은 그 사람의 행복을 사랑하는 일도
된다.

자기를 사랑해 주는 한 남자를 자기도 사랑할 경우에는 의
무나 권리, 우선 의무를 갖게 한다. 사랑해 주는 사람이 자
기처럼 행복해지게 하지 않으면 안된다.

상대를 받아들인다는 일은 인간의 특성이 아니라 본능이

다. 따뜻함이나 배려가 없는 인간은 상대가 할 수 없는 일을
바란다.

따뜻함이란 대개 내적인 힘과 밀접한 관계가 있다.

연애의 경우는 애정, 이해, 말하자면 사람을 아끼는 것이
다. 소중하게 여기고 존경하는 것이다.

사랑의 행위는 쾌락의 행위다. 쾌락을 얻을 수 있는 것은
육체적인 조화와 대부분의 경우는 정신적 조화, 다시 말해서
두 사람이 밤 늦게까지 얘기하고 포근한 분위기에 싸여 즐거
울 때이다.

열애도 4년이면 끝이 난다고 한다. 연애가 시작될 때는 언
제나 멋있다. 연애의 과정은 더 멋있다. 그런데 끝이 날 때
는 어느 쪽이 먼저 싫증이 나는가에 달려 있다. 어느 쪽이든
슬픈 일이지만.

나는 나중에도 계속해서 사랑할 수 있는 연애가 좋다고 생
각한다. 몸은 이미 접촉하지 않게 되고 머리만 움직이는 것.
무엇인가 상처 같은 것은 남고, 슬픈 의미의 상처가 아니라
명예의 상처, 사랑의 이름으로서의 훈장. 그런 후에도 계속
사랑할 수 있는 연애가 좋다는 얘기다.

인간은 연애에 있어서나 보통 인생에 있어서나 소유하고
싶어한다. 그것은 겁나는 일이다. 무엇이든 뺏으려 한다.
돈, 지위, 일. 그래서 타인에게 한 치의 자유를 주는 것조차

 기가 센 여자

도 잊어버린다. 타인의 행복을 잊어버리고 오로지 자기 생각
만 한다.

사랑은 신뢰다. 질투를 기초로 하고 있는 사랑은 투쟁이니
까 그런 사랑은 의미가 없다. 질투하고 있는 자신에게 도취
되거나 질투를 사랑이라고 생각하면 안 된다. 그것을 애정
표현의 하나라고 생각해서는 안 된다.

질투의 게임 같은 것은 하고 싶지가 않다. 완전하게 신뢰
할 수 있는 사랑 외엔. 그렇다 해서 배신당해도 어쩔 수 없
다. 배신당한 쪽보다 배신한 쪽이 괴로운 것은 사실이니까.

많은 사람들은 사랑의 절정이라는 것을 바라고 그 때문에
질투를 이용한다. 그것은 인간적인 관계가 아니라 잔인한 관
계이다.

나의 경우는 질투에 의해 정열이 되살아나는 것이 아니라,
나의 사랑은 그것에 의해 죽어버린다.

상대가 바람을 피우면서 사람들에게 그 얘기를 자랑삼아
하거나 이쪽이 없는 사이에 이쪽을 비웃는 것이야말로 진짜
배신이다. 만일 바람 피우는 상대를 이쪽의 친구들에게 데려
오거나 하면 거기에는 모욕적인 것이 있다. 그것은 도저히
용서할 수 없는 모욕이다.

다른 여자와 함께 한 시간을 보낸다 해도 이쪽이 모른다면
어쩔 수 없는 것이다.

나쁜 것은 사랑하고 있는 상대의 남자가 다른 여자에게 흥미를 갖고 있을 때이다.

서두가 길어졌는데 만일 미키 루크 같은 남자라면 연애해보고 싶다. 〈허트비트〉의 폭탄광인 청년역. 〈이어어브 더 드라곤〉의 차이나타운의 형사역. 〈나인하프〉의 새디스틱한 성격을 가진 미스테리하고 섹시한 남자를 연기한 미키 루크.

그 미키 루크 같은 남자와 카페 바에서 눈이 마주치고 서로만이 알 수 있는 미묘한 사인이 오고 간 뒤 나누는 정사라면 그것은 절대적으로 멋있다고 생각한다.

그러나 현실적으로 미키 루크가 제주에 있는 것도 아니고 만일 비슷한 남자가 있다 해도 그가 아니라 그의 가짜니까 의미가 없다.

그렇다면 나의 하룻밤의 정사는 불가능하다는 얘기다.

나는 미키 루크가 아니면 안 되지만 그렇지 않은 여자도 많은 모양이다. 여자의 취향이란 천차만별이어서 뚱뚱한 남자, 따뜻한 남자, 부드러운 남자, 투박한 감자 같은 남자. 그런 남자가 섹시하다고 하는 여자도 있다. 그리고 검게 그을린 남자가 절대적으로 섹시하다는 여자도 많다.

연애나 결혼 상대라면 더 다른 요소를 필요로 하지만 하룻밤의 정사 상대에 관해서는 어떤 의미에서 더 엄밀한 기준이 있다.

　결혼 상대라면 타협에 대한 타협으로 적당한 선에서 타협을 하겠지만, 하룻밤 정사의 상대라면 절대 타협은 용서할 수 없다. 있을 수 없는 일이다.

　그래서 나는 미키 루크 이외의 남자와 그렇게 되는 일도 없고, 망설일 이유도 없다.

　나는 투박한 감자 같은 남자, 지저분한 느낌의 남자와 하룻밤의 정사를 나눌 일도 없고 감기 걸린 남자와 그럴 생각도 없다. 그러나 미키 루크가 감기에 걸린 경우라면 애기는 다르다.

운이 나쁜 해

운이 나쁘면 나쁠수록 더 분발하고 강해지는 사
람도 있지만 나는 그러질 못한다.

올 한 해는 정말 힘이 들었다. 좋은 일이라고는 하나도 없
었기 때문이다.

우선 건강이 그랬다. 운동부족의 원인이 컸지만 6개월을
병원에 다녔다. 결국 뚜렷하게 좋아지지도 않고 더 나빠지는
것도 아니어서 일단락지었다. 서두르지 말고 운동 요법으로
해결해 나가자는 쪽으로. 결국 게으르고 나이가 들었다는 결
론이었다.

다음은 인간관계였다. 자칭 둘도 없는 친구라고 하던 상대
로부터 정신적으로 금전적으로 배신당하는 일이 있었다. 그
상처는 아주 오래 갔다. 먼저 정신적으로 물질적으로 입은
상처보다도 상황을 판단하는 눈을 가지지 못한 것이 원인이
었다. 그리고 또 하나는 무조건 믿는 내 성격에 함정이 있었
다. 나는 그런 자신에게 혐오감마저 느꼈다.

 기가 센 여자

　그 외에도 여기에 쓸 수 없는 크고 작은 일이 너무도 많지만 원인이 불분명한 것이어서 한결같이 운명이라고 생각하며 달랬다.

　이번 해처럼 혼자 산다는 것이 힘들다고 느껴 본 적도 없었다.

　보통 밖에서 칭찬받는 일도 거의 없지만 그래도 칭찬받을 때는 덜하다. 문제는 억울한 일을 당했을 때이다. 집에 돌아와도 하소연할 상대가 없다는 것이 외로웠다. 살다 보면 이런 해도 있구나 하는 것을 느낄 정도였으니까.

　바닥으로 떨어진 기분이라는 정도의 단순한 것이 아니었다. 맨 밑바닥, 갈 때까지 가니까 웃음이 나왔다.

　인간은 분노의 대상이 확실했을 때는 한탄하거나 슬퍼하지 않는다.

　예를 들어 자기를 멸시하거나 자신을 함정에 빠뜨린 상대, 또는 무차별 공격을 해 온 상대에 대해서는 다르다. 화를 내거나 어떤 방법을 취해서 대응해야 하니까 의기소침하게 있을 수가 없다. 적어도 이길 수 있도록 노력을 해야 하기 때문에 의기소침하게 있을 여유 같은 것이 없다는 얘기다.

　그러나 운명에 의한 불운에 대해서는 약해진다. 특히 나의 경우에는.

　이 운이 나쁘다는 것에 대해서는 나는 맥을 못 춘다.

　운이 나쁘면 나쁠수록 더 분발하고 더 강해지는 사람도 있지만 나는 그러질 못한다. 한심스러울 만큼 약해진다. 그리고 무력해진다.

그 대신 분노의 대상이 명백할 때는 경우가 다르다. 당당하고 더욱 강하게 대처한다.

한두 번 사기를 당하다 보면 사람을 보는 눈에 대체적으로 의심을 품게 된다. 필요 이상으로 상대의 행동에 과민 반응을 보이게도 된다.

그래서인지 내가 싫은 표정을 짓거나 싫은 소리를 지르면 남보다 배로 싫어하는 느낌을 상대에게 주는 모양이다.

속는 줄 알면서도 당신에게 반했다는 유행가 가사가 있다. 그 심정이 이해가 된다.

이상하게도 사기꾼에게는 사람을 끌어들이는 묘한 무엇인가가 있는 것 같다. 한결같이 그들은 고독하고 냉정하고. 그런 식의 어떤 것이 있다. 철저하게 고독한 가면에 대항할 수 있는 사람은 아무도 없다.

가면을 쓴 인간이 아닌 이상 우리들은 언제나 사기당할 수 있는 가능성을 갖고 있다는 얘기다.

이런 경우는 기준을 어디다 둬야 하는지 모르겠다. 운이 나빴다고 해야 할지, 분노의 대상이 명백한 쪽으로 둬야 할지.

아름다워서 좋은 거리

유럽의 창들은 인간의 갈등이라든가 고뇌, 사랑
등을 그 뒤로 감추고 있어 한결같이 아름답다.

유럽의 거리를 걷다 보면 창(窓)의 표정이 재미있다는 것
을 느낀다. 거기에 살고 있는 사람의 생활이라든가 취미라든
가 감성이 배어 있는 창들이다. 가깝게 다가가서 창 안을 들
여다보고 싶은 그런 모양이다. 크림 베이지색을 띤 안틱의
레이스가 걸려 있는 긴 창, 화분이 놓여 있는 창…….

크림 베이지의 레이스를 통해 살짝 안을 들여다보면 고독
한 노모가 흔들의자에 앉아 졸기도 하고, 어떤 때는 예쁜 레
이스 커튼 저쪽에 부부싸움을 하는 커플이 있을지도 모른다
는 생각이 든다. 아니면 이중 레이스의 그늘 뒤에 고양이가
겨울의 햇살을 즐기고 있을 것 같기도 하다.

유럽의 창들은 인간의 갈등이라든가 사랑이라든가 고뇌를
그 뒤로 감추고 있어 한결같이 아름답다.

그것에 비하면 한국은 아직도 멀었다. 커튼이 그저 그냥

외부에 대한 눈가림 역할 외엔 하는 것이 없다. 그런 창이 대부분이다. 커튼의 색은 분홍, 파랑, 꽃무늬. 그것도 커튼의 안감이 밖에 보이는 것이 이상하다.

가깝게 다가가서 어떤 사람이 살고 있는가 하고 들여다보고 싶은 마음이 생기질 않는다. 보지 않아도 눈에 훤하다. 우선 TV, 형광등, 거기다가 장식장, 장식장 위에 올망졸망한 많은 소품들. 그 소품들 위에는 대개 먼지가 씌워져 있다.

식탁이 있고 식탁 뒤에 있는 싱크대에는 식기가 여기저기 흩어져 있고, 숙제 하라 뭐 하라 하며 잔소리하는 엄마, 비스듬히 앉아 신문 보며 TV 보는 아빠, 자기 방에서 컴퓨터 게임이나 숙제하는 아이들. 아마 이것이 한국의 평화스런 가정의 그림인지도 모른다.

최근에는 외견에 치우쳐 집을 짓는 사람이 많아졌다. 지나가는 사람들의 눈을 즐겁게 해 준다. 창에도 신경을 쓰고 생활에 여유도 있어 보인다.

아름다운 집들이 많아지는 것은 사실이지만 문제는 주변과의 조화다. 예를 들어 순수한 한국풍 기와집인데 그 옆에다 스페인풍 전원주택을 짓는다는 것은 우습다.

유럽의 시골을 차로 달리면 놀랄 만큼 통일되고 조화되어 있다. 잘 눈여겨보면 지붕 색깔이 같다든가, 어떤 마을은 갈색으로 어떤 마을은 오렌지색으로 하는 식이다.

살고 있는 사람에게 보이지 않으니까 어떤 색이든 상관없다고 할는지 모르겠지만 역시 그런 것에까지도 보는 쪽에 대한 배려가 있다. 그것을 문화라고 하는 것이 아닐까.

지붕색 하나라도 동네 전체를 통일함으로써 풍경이 한층 더 아름답게 조화되는 것이다.

나만의 공간

방안을 칼처럼 정리 정돈해 놓은 사람을 보면 주
위의 인간관계나 감정의 기폭도 정리해 버릴 것
같은 생각이 든다.

나는 정리 정돈이 서툴다. 책 정리, 서랍 정리, 부엌의 작
은 물건 정리, 옷장 정리, 그 모두가 서툴 뿐 아니라 귀찮
다. 자랑은 아니지만 부엌의 그릇장에는 7년 전 이사 왔을
때 넣어 둔 그 그릇들이 여전히 정리되지 않은 채 그대로 있
다.

글을 쓰고 있는 이 방도 발 디딜 틈 없이 여기저기 책이
흩어져 있지만 내 능력으로 어떻게 할 방법이 없다. 필요한
책을 하나 찾으려면 그야말로 시간과 끈기가 필요로 할 정도
이면서도 대책이 없다.

그때마다 이번 원고만 끝나면 날 잡아서 하루종일 정리를
해야지 하고 굳게 결심한다. 그러나 막상 원고가 끝이 나면
귀찮다는 생각이 들어 그만두게 된다. 그래도 뭔가 찜찜하면
눈에 보이는 곳만 대충 정리한다. 그것도 하는 척하다 만다.

　서랍 속도 여전히 엉망이고 무엇 하나 찾으려면 시간과 노력과 끈기가 총동원되어야 한다.

　일이 바쁠 때는 생활상 필요 최저한의 정리밖에 하지 않으니까 혼자 사는 집이지만 온갖 잡동사니가 다 굴러 다닌다. 옷장을 열면 겨울옷과 여름옷이 구분 없이 섞여 있는 것은 물론이고, 다림질한 것과 하지 않은 것들이 합해져 있어 정말 엉망이다. 마음먹고 이삼십 분 정리해 버리면 되는 것을. 아무리 생각해도 나 자신이 한심스러워질 때가 한두 번이 아니다.

　세상에는 정리 정돈에 뛰어난 사람도 있다. 심지어 정리 정돈을 취미로 삼고 있을 정도로.

　그 친구집에 저녁 초대를 받아서 가면 식사 후에 바로 설거지를 한다. 후식으로 커피를 마시고 나면 그것도 바로 씻어서 제자리에 놓는다. 언제나 그러느냐고 물었더니 당연하다는 것이다. 물건이 하나라도 제자리에 놓여 있지 않으면 일이 손에 안 잡힌다는 것이다.

　그러고 보니 방안에 흐트러져 있는 것이 하나도 없었다. 장식장 위에 손톱깎이와 약, 매니큐어 등 이것저것 놓여 있는 우리 집과는 하늘과 땅 차이다.

　그녀의 집에선 방바닥에 잡지가 나뒹굴고 세면대 위에 칫솔과 치약이 아무렇게 놓여 있거나 침대 위에 벗어 놓은 잠옷이 나뒹구는 것을 본 일이 없다. 그런 여분의 것은 즉석에서 정리되고 어딘가에 수납되고 만다.

그런 것을 보면서 뭐라고 할까. 솔직히 그런 생활은 어딘가 무서운 생각이 들어 싫다고 느껴졌다.

내가 칠칠치 못해서인지 정리 정돈에 목숨을 걸고 무기질의 상태로 해 두는 사람과는 어딘가 맞지 않는다는 생각이 든다. 왜냐하면 그런 사람은 방안을 정리하듯이 주변의 인간관계와 감정의 기폭도 정리해 버릴 것 같은 생각이 들기 때문이다.

가끔 여성잡지 같은 데서 정리 정돈의 비결, 또는 가정의 수납술의 프로들이 소개되어 나온다. 그녀들의 물품들이 볼 만하게 정리 정돈되어 있는 것을 사진에서 볼 때마다 왠지 무섭다는 생각이 들었다. 미의 극치라고 부르고 싶을 정도로 정돈된 그녀들의 옷장이나 부엌을 볼 때는 더욱 그렇다.

살다 보면 일용품들이 쌓이게 마련이다.

그것을 마치 이를 잡듯이 하나하나 집요하게 정리해서 방이 갖는 냄새라든가, 색깔이라든가, 따뜻함 같은 것을 잃어 가는 공간에서 정리된 뒤의 만족감에 취해 있는 사람을 보면 어쩐지 두렵기조차 하다.

언젠가 경희대학의 서정범 교수의 연구실을 방문한 적이 있었다. 그야말로 발 디딜 틈 없는 곳이었다.

산더미같이 쌓인 책하며 여기저기 온갖 잡동사니가 다 널려 있는 방이었다. 수납, 정리 정돈이라는 말과는 생애 인연이 먼 방이었다.

그런 방에서 혼자 조용히 누구보다도 아름다운 언어로 누구보다도 많은 작품을 써내시는 것을 생각하면, 나도 나의 칠칠치 못함에 약간의 애착이 생긴다.

여성적 요소, 남성적 요소

나 자신은 나를 여자다운 여자라고 생각하는데 가끔 사람들로부터 남자답다는 얘기를 듣는다.

그런 소리를 들으면 그 오해가 아주 기쁘다. 나는 나 자신이 지나치게 여자다운 점이 싫었기 때문이다. 어떻게든 여자를 벗어나서 살고 싶었다.

나는 철이 들면서 어느 때부턴가 남성적인 여자가 되는 것에 목표를 두었다. 내가 알고 있는 남성이란 강한 의지를 갖고 있고, 현명하고, 용기가 있고, 사소한 현상에 좌지우지하지 않고, 히스테릭하지 않고, 강한 자를 누르고 약자를 돕고, 이해와 포용력이 있는 넉넉한 커다란 그릇이어야 한다고 생각하고 있다.

현실에 그런 남자가 있는지 없는지, 예전에는 있었는지, 아니면 정말 남자란 그런 것인지, 나의 망상인지 모르지만 남자란 그래야 한다고 여기고 있었다.

내 주변을 둘러보면서 느끼는 것이지만 무엇인가 창조적인 일을 하고 있는 남자들은 대부분 여성적인 면을 갖고 있다. 외견이 여성적인 사람도 있고 그들에게서 배어 나오는 것이 여성적인 사람도 있다. 천차만별이지만 무엇인가를 만든다는 과정에서 절대적으로 요구되는 것은 여성적인 섬세함이기 때문이다.

예술가로서 전혀 여성적인 부분을 내면에 품고 있지 않고 남자 중의 남자라는 창작인을 나는 본 일이 없다.

반대로 여자의 경우는 어떤가 하면, 남자 같은 성격을 보다 더 많이 그 내면에 갖고 있는 사람에게 창조자가 많다. 소설을 쓰는 여자, 그림을 그리는 여자, 그런 여자들의 심지에 있는 것은 남성적인 부분들이다. 그것이 없으면 자기만 좋은 자기애적인 작품들밖에 나올 수가 없다.

나도 남들이 얘기해 주듯이 내 속에 있는 남자 같음을 느낄 때가 있다. 그리고 이상하게도 내 속의 남자의 손에 의해 쓰여지는 글은 대개 여성스럽고 섬세한 표현, 그런 식으로 평가된다.

남성이 무엇인가를 창조할 때, 마찬가지로 그 내면에 여성적인 것이 커다랗게 작용했다 하더라도 만들어져 나오는 것은 남자다움의 것이 된다.

여성들이 남자가 섹시하다고 느끼는 경우, 대개 그 남자는 평균보다 많이 여성적인 것을 그 내면에 갖고 있다.

여자의 경우도 그렇다. 섹시한 여성이라는 것은 왠지 남성적인 요소가 강한 여성들이다.

그렇다고 해서 그 또는 그녀들이 여장을 하고 남장을 하는 취미는 없다. 오히려 남자다움을 내면에 포함하고 있는 여자들은 예외없이 여성스러운 옷을 좋아한다.

남자의 경우는 어떤가. 넥타이에 양복 입은 남자에게 별로 섹시한 남자는 없다. 역시 어딘가 흐트러진 패션을 하고 있다. 복장에 관해서만 얘기한다면 남자가 여자에게 가까운 편이다.

아무튼 최근에 핸섬 걸이 유행이라고 한다. 핸섬이라는 것은 원래 남성을 형용하는 말인데, 최근엔 여성에 대한 최고의 칭찬으로 미국과 영국에서 사용되고 있다. 다시 말해서 아름답다든가 차밍하다든가 귀엽다든가 하는 것만으로는 여성을 표현할 수 없는 시대에 들어섰다는 얘기다.

지적이고 냉정하고 자립해 있고 아름답고 품위가 있는 여자. 자기 자신을 확실히 갖고 있고 사회와 적극적으로 연관을 갖고 배려와 동정심이 있고, 떠벌리고 자신을 자랑하는 것보다 오히려 상대의 얘기를 들어주는 입장에 있는 그런 여자. 그런 여성들은 모두 남성적 요소를 갖고 있고, 이른바 멋있는 여자라고 불려진다.

 기가 센 여자

내가 생각하는 스타론

나의 편견과 독단으로 본 스타는 지적이고 유머
감각이 뛰어나야 하고 평상시에는 차가울 정도의
분위기도 있어야 한다.

편견과 독단으로 얘기하자면 스타는 여름뿐만이 아니라
계절에 상관없이 연중 피부를 알맞게 태워야 한다.

침대에 들어가기 전에는 선글라스를 벗어서는 안 된다.

스타는 아메리카적인 것과 유럽적인 그 무엇인가를 풍기
지 않으면 안된다. 무엇인가란 불쾌감이랄까 까다로움이랄
까 그런 것이다.

그의 목소리는, 예를 들어 산을 걷고 있을 때 우연히 눈앞
에 펼쳐진 푸른 호수같이 조용하고 깊고 투명해야 한다.

그 투명한 물 속에 한 점 검은 잉크를 떨어뜨린 것 같은
느낌의 탁함이 있어야 한다.

그의 연기는 지극히 억제된 것이어야 하고, 역에 취해서
오버액션이 아닌 프로페셔로서의 결코 절정감에 도달하지
못한 것에 연연해야 한다.

그는 남몰래 육체를 단련시키고 다듬어야 한다. 옷을 입으면 마른 것같이 보이는 정도의 근육 발달을 위해 노력해야 한다. 또 그렇게 만들어져야 한다.

그는 때와 경우에 따라 필요하면 싸움도 할 수 있어야 한다. 자신의 명예나 자신의 프라이드보다는 그 장소에 우연히 있는 여자의 명예를 지키기 위해서 폭력사태가 생겨도 즉시 응할 수 있어야 한다. 그리고 그 싸움에서는 반드시 이겨야 한다.

그는 금이나 브로치 종류는 일절 몸에 걸고 다니지 않아야 한다. 그리고 결혼 반지나 다이아가 박힌 넥타이핀, 로렉스의 손목시계는 죽어도 끼지 않아야 한다.

그는 또한 젊은 여자들을 데리고 다녀서는 안 된다.

그는 지적이고 유머가 있어야 한다. 그러나 평상시에는 차가울 정도의 분위기도 있어야 한다.

그는 섹스피어가 가능하고 테네시 윌리암스를 해낼 수 있고 한국인이라면 판소리의 세계도 해낼 수 있어야 한다.

그의 사생활은 미스테리어스하지만 결코 스캔달라스해서는 안 된다.

그는 사람들 앞에서 노래를 불러서도 안 된다.

이상이 나의 독단과 편견으로 본 스타론이다.

나의 직업의 사치

내가 고독과 시간이라는 사치스러운 것을 가질 수
있는 것은 글을 쓰는 직업을 갖고 있기 때문이다.

나는 일을 열심히 한다는 얘길 가끔 듣는다. 원고를 많이
쓴다는 얘기다. 그렇게 보이는 모양이다. 왜 그런가 하고 생
각을 해 봤다.

이유는 내 목소리가 크기 때문이라는 생각이 든다. 그래서
에네르기쉬하게 보이는 모양이다. 손과 득을 생각하지 않고
하고 싶은 얘기를 다 하니까. 어쩌면 세간의 착각인지도 모
른다. 왜냐하면 하고 싶은 얘기를 다 하려면 에너지가 필요
하다고 느끼니까.

사실 나처럼 게으른 사람도 없다. 게으름뱅이가 되는 것도
어렵다는 것을 알기 때문에 조금씩 일을 하는 쪽일 뿐이다.

게으름뱅이가 왜 어려운가 하면, 아무 것도 하지 않고 있
기 위해서는 상상력이 필요하다. 그런데 중요한 것은 아무
것도 하지 않고 있다는 죄악감을 느끼지 않을 만큼 자기에게

자신이 있어야 한다. 그리고 인생을 정말 좋아해야 한다. 지나가는 한 순간 한 순간처럼 느껴져야 한다. 이러저러한 일을 했노라고 자신에게 변명하지 않아도 될 정도가 되어야 한다.

게다가 아무 것도 하지 않고 있기 위해서는 인내력이 있어야 한다. 타인들의 존경, 다시 말해서 자기가 능력 있는 사람이라고 자신에게 보증해 줄 수 있는 그 무엇인가를 보여주어야 한다.

내가 게으르지만 조금씩이나마 일을 하는 것은 완전한 그런 게으름뱅이가 될 자신이 없기 때문이다.

내가 완전한 게으름뱅이도 못 되고 그렇다고 정력적으로 일을 하는 사람도 못 되면서, 나 자신과 비교적 우호적인 관계로 있을 수 있는 것은 내가 나 자신에 대해 참을 수 있기 때문이다. 다시 말해서 나 자신과 거리를 둔 관계로 있을 수 있는 것은 나 자신에 대해서 집착하지 않기 때문이다.

나는 싫은 일을 억지로 하지는 못한다. 나는 나의 인생을 있는 그대로 받아들이고 싶은 사람이다. 가끔은 왼쪽도 보고 오른쪽도 보지만 앞이나 뒤는 보지 않는다.

가끔 열심히 일을 한다는 얘기를 들을 때마다 느끼는 것이 있다.

결국 열심히든 어떻든 글을 쓴다는 것은 몇 개의 결과를 나타내는 것만큼은 사실이다. 예를 들어 강제적인 고독 같은 것이다. 그것은 시종 기분 전환을 필요로 한다. 그 기분 전환이 열심의 여부에 따라 움직여지는 것은 아니다.

글은 쓴다는 것은 운전을 하는 것과 같다. 누구에게도 좌우당할 수는 없는 것이고. 몇백 페이지를 쓰고 나면 앞이 좀 보이는 듯하지만 굴에 들어가면 그것은 다시 사라지고 만다. 그러므로 또 다른 길을 찾아 나서야 한다. 운전은 열심만 갖고 되는 것이 아니다.

역시 나는 분주다망하게 열심으로 사는 것이 체질적으로 맞지 않는다. 그렇다고 완전한 게으름뱅이도 겁이 나서 안 된다.

다만 고독을 사치라고 여길 수 있고 시간을 마음대로 쓸 수 있는 사치스러움을 언제까지나 갖고 싶다. 시간의 흐름을 음미할 수 있는 여유. 예를 들어 읽고 싶은 책을 마음대로 읽을 수 있는 시간. 구름이 흘러가는 것을 볼 수 있는 그런 여유 말이다.

비겁하게 완전한 게으름뱅이도 못 되고 그렇다고 열심히 하지도 못하는 내가 고독과 시간이라는 그런 사치스러운 것을 가질 수 있는 것은 글을 쓰는 직업을 갖고 있기 때문이라는 생각이 든다.

바, 재즈 스토리

냉정한 눈으로 남자를 보기 위해서는 상대보다
미리 도착해서 기다리는 편이 낫다.

가끔씩 가는 바 레스토랑이 있다. 신제주에 있는 '재즈 스토리'라는 곳이다. 남자와 약속이 있을 때는 그곳에서 기다린다.

젊었을 때는 약속을 해 놓고는 언제나 늦게 가거나 시간이 다 되어서 허둥지둥 가곤 했다. 급하게 가다 보니 위통도 생기고 심장에도 좋지 않은 것 같아서 요즘에는 20분 전쯤에 도착해서 기다린다. 나이 탓도 있지만 기다리는 시간도 나쁘지만은 않다는 생각이 들어서이다.

예전에는 여자가 기다리고 앉아 있는 것이 궁상맞다고 생각한 적도 있다. 기다리는 시간에 책을 읽거나 편지를 읽거나 메모를 하거나 그런 소도구가 필요했다.

그런데 지금은 20분 전쯤 내가 먼저 가서 남자를 기다려도 별 상관이 없다는 생각이 든다. 소도구도 필요 없다. 마르가

렛타나 후로즌 닥키리를 시켜서 마시고 있으면 된다.

대학 다니던 시절엔 남자 친구와 바에 가면 언제나 페파민트를 시켜 마셨다.

그때 남자에게는 위스키였고 여자에게는 페파민트가 유행의 패턴이었다. 지금은 페파민트가 유행에 많이 뒤떨어진다. 페파민트는 박하향이 나서 데이트할 때 적절하다는 생각에서 언제나 마시곤 했다. 나중에 안 얘기지만 페파민트는 파리의 창녀들이 호객을 하기 전에 바에서 한두 잔 마신다는 것이다. 향도 좋지만 정력에 좋다는 얘기가 있다. 확실히는 모르겠지만.

그 후 페파민트는 끊어 버렸다.

남자를 기다리면서 후로즌 닥키리를 마시는 시간이 좋다. 나타날 상대에 대해 공상도 해 보고, 두근거려도 보고, 가슴을 부풀려도 보고, 거기서 생기는 긴장감이 좋다.

그러다 막상 상대가 나타나면 현실로 돌아오고 만다. 약간의 실망을 하면서. 물론 상상 속에서의 남자가 훨씬 좋기 마련이다.

그 약간의 실망이 나를 냉정하게 만든다.

냉정한 눈으로 남자를 보기 위해서는 역시 미리 도착해서 기다리는 편이 낫다.

요즘에는 마르가렛타라든가 후로즌 닥키리가 유행이다.

나도 특히 여름에는 후로즌 닥키리를 자주 마신다. 내가 가장 좋아하는 헤밍웨이가 더없이 사랑했던 술이다.

　그것을 나도 좋아한다. 가능하면 도회의 바가 아니라 어딘가 바다가 보이는 작은 호텔에서 멋있는 남자와 마시고 싶은 술이다. 우리들이 앞으로 저지를 모든 잘못을 위하여, 헤밍웨이풍으로 건배를 들면서.

연인들의 약속

입 밖에 내어 말하지 않더라도 인간의 아주 소중
한 성의나 배려는 반드시 상대에게 전해진다.

나는 원래 비관론자이다. 언제나 최악의 상태를 생각하고
행동한다. 그런 편이 기대로 가슴 두근거리는 것보다도 마음
이 편하다. 근본이 어둡다.

사람과의 약속도 거의 기대하지 않는다. 물론 내 쪽에서는
약속을 지키려는 굳은 결의는 있다. 그러나 상대방은 어떤지
알 수가 없다. 어떤 계기로 지키지 못할 경우도 있고 도중에
마음이 변해서 그런 약속을 한 적이 없다고 할지도 모른다.

그렇다고 해서 그 사람을 비난할 생각도 없다. 인간이라는
것은 살아가는 동안에 여러 가지 일이 생기게 마련이다.

남자와 여자 사이의 약속이라는 것처럼 덧없고 기대하기
어려운 것도 없다.

어떤 면에서 약속이나 맹세 같은 것을 꼭 해야만 되는 상
태의 남녀의 관계는, 두 사람의 관계가 불안정한 상태라고

해도 좋을 것이다.

특히 남자들이 하는 약속 중에서 '행복하게 해 줄께. 너만을 사랑할께. 죽을 때까지. 또는 영원히' 하는 식의 얘기를 믿는 여자만큼 어리석은 사람도 없다. 생각해 보기 바란다.

실행 불가능한 것을 약속하고 나서 여자들이 그것을 추궁했을 때 절망감을 갖는 남자는 한 사람도 없다. 오히려 정색하면서 언제 그런 얘기를 했느냐, 아니면 그땐 그렇게 생각했지라고 말한다.

남자가 여자에게 구애를 할 때는 무엇인가를 계속해서 선언하지 않으면 불안하니까, 그래서 나오는 대로 맹세하고 약속해 버린다. 그리고 안심하고 잊어버린다. 그것이 남자의 속성이다.

입 밖에 내지 않고서는 있을 수 없을 정도의 정열을 갖고 있는 약속, 성의에 넘치는 약속 외의 약속을 나는 하고 싶지도 않을 뿐더러 그런 것을 기대하지도 않는다.

입 밖에 내지 않더라도 인간의 아주 소중한 성의나 배려는 반드시 상대에게 전해진다. 일부러 약속하고 맹세하지 않더라도 말이다.

연인들은 흔히 약속을 한다. 영원히 사랑하며 살자고.

약속이라는 것은 상대에게 하는 것이 아니라 상대와 자기 자신을 위해서 자신의 마음 속에 하는 것이다. 남자는 아무 말 없이. 여자 역시 아무 말 없이.

남자의 센스

남자가 여자에게 무엇을 선물하는가에 따라 그 남
자의 마음의 센스를 알 수 있다.

인기 없는 남자가 있다. 인기 있는 남자보다 인기 없는 남
자 쪽이 압도적으로 많다. 그리고 보통 인기 없는 남자는 필
사적으로 인기 있는 남자가 되려고 노력한다. 여자에게 친절
하게 하고 열심으로 데이트 신청을 하면서. 그런데 왠지 여
전히 인기가 없다.

센스 있는 남자는, 예를 들어 이렇다 할 인간적 매력이 없
어도 매력 있는 남자로 보이는데 참으로 이상할 정도다. 물
론 옷차림의 센스라든가 하는 평범한 의미는 아니다. 마음의
센스다.

센스 있는 옷을 입는 것은 누구든 노력하면 가능한 것이지
만, 마음의 센스를 갖는다는 것은 하루아침에 되는 것이 아
니다. 다시 말해서 감성의 재능 같은 것이다.

예를 들어 남자가 여자에게 선물을 할 때 무엇을 선물하는

가에 따라 그 남자의 마음의 센스를 알 수 있다. 최고급품의 어떤 것을 보내는 것도 좋기는 하지만 센스는 느낄 수가 없다. 상상력은 없지만 돈은 있다는 식의.

반대로 돈은 없지만 마음의 센스가 엿보이는 경우가 있다. 돈도 지위도 명예도 없어 대단한 것을 선물할 수는 없지만 '일곱 송이의 수선화를 선물할께. 나의 사랑의 증거로' 식의 남자에게 나는 약하다. 못생기고 바보 같은 남자일지라도.

돈은 없지만 '일곱 송이의 수선화를 당신에게'라고 하면 대부분의 여자들은 감동하고 만다.

그렇다고는 하지만 바보 같은 남자는 그런 흉내도 낼 수 없다는 생각이 든다. 바보는 마음의 센스라는 것을 알 수도 없으니까.

영화 〈렛즈〉에서 워렌비티가 동거하고 있는 다이안 키튼에게 주머니를 다 털어서 보내는 수십 송이의 백합. 보통 끈으로 아무렇게나 묶은 꽃다발.

그런 의외성을 갖는 꽃을 선물한다는 것은 좀처럼 한국 남자에게는 불가능하다. '미쳤나 클레오파트라도 아닌 여자에게 주머니 다 털어서 꽃을 사 주게. 그 돈이면 소주 마시겠다'는 식으로 생각하는 남자에게 마음의 센스라는 얘기는 꿈속에서도 꿈이다.

가슴에 고인 슬픔

글을 쓰기 시작하면서 나의 지병이 되었던 잠자
는 병은 흔적도 없이 사라졌다.

30대였을 때 나는 낮잠만 잤다. 점심을 먹으면 책을 들고
침대로 간다.

그때는 왠지 하루가 길고 시간이 남아서 주체를 못할 정도
였다. 아이들이 학교에 들어가게 되자 나는 할 일이 별로 없
어졌다. 그래서 책을 읽었다. 하루에 두 권 정도 읽는 날도
있었다.

그러나 아무리 책을 읽어도 무엇인가가 충족되지 않았다.
가슴이 언제나 죄어드는 것 같고 알 수 없이 우울했다.

이유없이 답답했다. 그러면 더욱더 가슴이 조여드는 것 같
았다. 30분 정도 자고 일어나서 샤워를 하면 조금 나아지지
만 그것도 일시적이었다. 그때부터 이상하게도 오후의 잠은
질질 언제까지나 계속되었다.

몸의 마디마디가 무겁고 아픈데다가 질질 자는 자신에게

못마땅해 몸과 마음이 진저리가 날 정도였다.

그러다 보면 이미 저녁이 되는 시간이 많았다. 입안이 쓰고 몸은 열이 있는 것처럼 뜨거웠다. 그때 나는 잠자는 병이라고 이름을 붙였다.

나의 잠자는 병은 현실로부터의 도피였다. 자고 있는 동안엔 여러 가지를 생각하며 괴로워하거나 죽을 만큼의 권태감에 대해 두려워할 일이 없었기 때문이다.

잠자는 병은 3년 정도 나에게 달라붙어 나의 지병이 되었다. 그것은 내게도 글을 쓸 수 있을지 모르겠다는 기묘한 생각을 불러일으켰고 실제로 글을 쓰는 전날까지 계속되었다.

그리고 글을 쓰기 시작하면서부터 나의 잠자는 병은 흔적도 없이 사라지고 말았다.

그 후 10여 년의 세월이 흘렀다. 가끔 그때의 일을 생각하면 역시 입안에 쓴맛이 감돈다.

공기 좋은 제주의 여름 오후, 나뭇잎 사이로 이따금씩 햇볕이 부서지는 것을 보면 그 펄펄 끓던 슬픔의 날들이 생생하게 떠오른다.

여름의 눅눅한 비가 연일 내리는 장마가 계속되는 날이면, 꾸벅꾸벅 졸면서 들었던 그 빗소리가 되살아난다.

바람이 불어도 폭풍이 몰아쳐도 맑고 아름다운 날이라도 나의 기억 속에 있는 오후는 그런 모습이었다. 첫 작품인 ≪남자는 아름다워야≫를 썼던 것도 그런 오후였다.

　　매년 여름 제주의 장마는 언제나 나를 비참하게 만들었다. 지금도 가끔 그 여름의 비참함에 우울해질 때가 있다. 그러나 그 비참함은 절망이 아니라 나의 인생에서 빼놓을 수 없는 좋은 계기를 만들어 주었다. 비록 슬픔이었지만.

내가 좋아하는 남자

나는 웃을 때면 소년 같기도 하고 아버지 같기도
하고, 낮지만 투명한 목소리로 말하는 남자가 좋
다.

나이가 들면서 좋아하는 타입의 남자가 바뀌었다. 아름다
운 남자를 좋아하는 것에는 변함이 없지만.

예전에는 신경이 예민한 남자가 왠지 좋았다. 그런데 지금
은 그런 남자는 아무래도 상관없다. 상관없다는 얘기는 관심
이 없다는 의미다.

따뜻한 남자가 좋다. 악수를 했을 때 그 남자의 손이 차가
우면 전에는 가슴이 아파서 순식간에 끌렸다. 그런데 요즘엔
나의 손발이 차서인지 따뜻한 남자의 손이 좋다. 차가운 감
촉의 손과 악수를 하면 이쪽 손까지 차가워져 버릴 것 같은
느낌이 든다.

그리고 기본적으로 정의감이 강한 남자가 좋다. 정신이나
몸 중심에 그런 의식이 가득 차 있는 남자. 악이나 부정이나
비겁한 행위를 했다면 그 앞을 지나칠 수 없을 정도로 강한

 기가 센 여자

남자.

더 얘기를 하면 예의바른 남자가 좋다. 이 문제에 대해서도 젊었을 때 나는 상대가 무례한 것은 안 되지만 거의 무례에 가까운 선에서 여자를 대하는 건방지고 차가운 남자에게 끌렸었다. 그러나 이제는 그것도 싫다. 어쨌든 나이가 들어서 추위를 타는 탓인지 따뜻한 남자가 좋다.

또 보통 남자가 좋다. 자연스러운 것이 좋다. 바닷가에 있으면 바닷가의 일부분이 되고, 도시에 있으면 도시의 일부분이 되고, 바람이 불면 바람처럼 그때 그 장소에 잘 융합하고 눈에 띄지 않는 그런 남자가 좋다.

겨울이면 스코치의 윗옷에 스웨터, 스니카 등이 잘 어울리고 여름이면 청바지에 티셔츠가 어울리는 남자, 프랑소와즈 사강의 표현을 빌리면 나이가 든 소년 같은 남자, 그런 남자가 좋다.

나이가 든 소년 같은 남자. 30대는 물론 40대에도, 50대에도 그저 소년 같은 남자가 아니라 나이가 든 소년 같은 남자가 멋있다는 것이다.

또 식물이나 자연을 사랑하는 남자가 좋다. 말을 할 수 없는 모든 것들에 대해서도 슬픔을 나눌 수 있는 마음을 가진 남자. 어린 아이들이라든가 새라든가 동물 같은 것에 대해서 말이다.

흙 냄새가 나기도 하고 아스팔트의 냄새가 나기도 하고 비

냄새가 나기도 하고.

해풍이나 태양, 숲 게다가 아주 조금 향수의 냄새가 섞인 그런 냄새를 가진 남자가 좋다. 웃을 때면 소년 같기도 하고 아버지 같기도 하고 고개를 숙이면 조금 외로워 보이는 낮지만 투명한 목소리로 말하는 그런 남자.

앞서 얘기한 그런 남자들 말고는 더 이상 나는 좋아하는 타입의 남자가 바뀌지 않을 것 같다.

'안녕'이라는 그 말

정말 내 곁에 있어 달라고 그 한마디를 하고 싶은
데 꾹 참고 '안녕'이라고 해야 하는 것. 그것이
인생이라는 생각이 든다.

고독에 대해서 깊게 생각해 본 적은 없다. 그러나 자신이 살아온 과거를 돌아보면 고독했던 체험이 많았던 것을 부인할 수 없다.

지금의 생활만 해도 그렇다. 종일 책상 앞에 앉아서 글을 쓰거나 책을 읽거나 한다. 대화를 나눌 상대가 없다. 어쩌다 모임이 있어도 빠질 때가 많다. 어떻게 해서라도 마감해야 될 원고가 있다든가 하면 얼굴을 못 내민다. 점점 사람들이 모여 있는 곳으로부터 떨어져 사는 느낌이 든다.

인간이라는 것은 많든 적든 사람들로부터 떨어져서 사는 것이 아닐까 하는 생각이 든다. 같이 어우러져 사는 것처럼 느껴지지만.

사람들 속에서 지내도 고독하긴 마찬가지다. 애기의 수만큼 오해를 빚는 일도 있다. 사람들로부터 인기를 얻고 화려

해 보이는 사람조차도 외롭다고 하거나 인간관계에서 괴로워한다.

나는 사람과 만나서 헤어질 때 안녕이라는 얘기를 잘 못한다. '또 만나'라든가 '그래'라든가 하는 말로 얼버무린다.

'또 만나'라고 할 수 없는 결정적인 이별의 말에 한없이 약하기 때문이다. '안녕'이라는 말의 긴장감과 절망을 견딜 수 없다. 그래서 어설픈 농담을 하거나 허둥대거나 오히려 침묵해 버린다.

그런 내가 상대의 눈에는 추태스럽게 보일 때도 있는 모양이다.

'안녕'이라는 말에는 연습도 반복의 경험도 필요없다. 내게는 언제나 아픔과 슬픔뿐이다.

인생은 너무도 많은 안녕으로 되어 있다.

나는 그 '안녕'이라는 한마디를 산뜻하게 해 본 적이 없다. 언제나 초라하고 휘청거리고 바보스럽게밖에는.

나도 한번쯤은 '그래 안녕' 하고 산뜻하게 할 수 있다면 얼마나 좋을까. 이별을 그렇게 우아하게 할 수 있다면.

우아하게 할 수 없는 것은 물론이고 나는 언제나 헤어지기 싫다고, '안녕'이라는 것은 정말 싫다고, 울고 불고 어린애처럼 매달리고 투정부리고, 그럴 바엔 차라리 죽는 편이 낫다는 그런 마음이면서 입으로만 안녕이라는 말을 산뜻하게 하려고 하니 엉망이 되고 마는 것이다.

 기가 센 여자

정말 내 곁에 있어 달라고 그 한마디를 하고 싶은데 꾹
참고 안녕이라고 해야 하는 것, 그것이 인생이라는 생각이
든다.
살아갈수록, 나이가 들수록 나는 안녕이라는 말에 서툴고
고독을 알수록 그 말이 더 아파진다.
재미있게 놀던 친구들과도 금세 손 흔들고 또렷하게 안녕
이라고 할 수 있었던 그 시절이 그립다.

남자들의 불륜 심리

다시 태어나면 너와 결혼하고 싶다고 얘기하는
불륜의 남자만큼 웃기는 사람도 없다.

요즈음은 불륜 붐이다. 여기를 봐도 저기를 봐도 불륜이
판을 친다.

이혼을 하지 않고 결혼을 지속하려면 다른 이성의 존재가
필요해진다. 그래서 불륜은 필요악이라고 하는 사람을 본 일
이 있다.

그러나 말할 것도 없이 남이 마시다 남긴 칵테일, 피우다
버린 담배, 그 정도의 몫이 불륜의 보상이다.

한국의 결혼제도 때문에 부부의 매너리즘 해소를 위해서
겨우 헌신하는 정도에 불과한 것이다. 그것을 사랑이다 정열
이다 하는 자체가 어리석다. 하기야 재미없는 결혼도 불륜
때문에 이혼하지 않고 무사히 지속되는 경우가 없지는 않으
니까. 문제는 그야말로 바람이나 피우고 말 것을 진짜 사랑
해 버리는 것이 문제다. 불륜에 진짜 사랑은 룰 위반이지만

사랑해 버리는 데는 말릴 재간이 없다.

그러나 여기에서 한국 남자의 근성이 나타난다. 아내도 잡고 싶고 애인도 두고 싶어하는.

내가 알고 있는 한 아메리카의 남자는 아내 외의 여자를 진짜 사랑해 버리면 아내와 이혼을 한다. 만일 아내를 정말 사랑하면 바람을 안 피운다. 그것은 모랄에 어긋나고 종교에 대한 배반이고 자신의 양심에 빗나가기 때문이다. 바람기는 존재하지 않지만 진심은 존재한다.

아내와 결혼해 있으면서 다른 여자를 사랑하는 것은 아내에 대한 양심의 배반이다. 그래서 괴로운 것이다. 그렇게 되면 새로 사랑하는 여자에 대해서도 성실하지 못하다.

두 여자의 사랑을 가지고 장난치는 것은 누구도 아닌 남자 본인이다. 그는 점차 자기 자신에 대해서도 성실하지 못하다는 것을 느끼게 된다. 연인에게 있어서나 아내, 자기 자신에게 있어서 가장 성실한 방법은 이혼해서 새로운 여자와 사는 것이다. 모든 사람들에게 성실치 못한 것은 싫다는 생각은 한국 남자에게는 없다.

한국 남자는 결단하는 데 서툴다. 아내냐 애인이냐를 선택하는 데는 어느 쪽인가를 택하면 어느 쪽인가를 버려야 하는 것이다. 그래서 한국 남자는 어느 한쪽을 택하지 못하는 것이다. 마음이 약하다고 할까, 기가 약하다고 할까, 우유부단하다고 할까.

한국 남자는 아내를 사랑하지 않아도 이혼은 안할 테니까
바람 피우는 것을 용서해라는 식이다.

어느 쪽도 선택하지 않는 것은 간교한 일이다. 나의 경우
라면 그런 남자를 사랑하는 것은 불가능한 일이다. 나라면
성심 성의껏 아내와 이혼을 하든지 아니면 나와 헤어지든가
라고 말할 것이다. 그때 남자의 질을 알 수 있다.

아내가 남편의 불륜을 눈치채고 어지간히 해대지 않는 한
한국 남자는 아내나 가정을 버리지 않는다. 아니 버리지를
못한다.

남자가 바람 피우는 동안에 여자에게 하는 말 중 '언젠가
집사람과 이혼하고 너와…' 라고 하는 말은 99프로 거짓말이
다. 결혼해 있는 남자의 슬픈 바람일 뿐이다. 아내와도 이혼
하지 않지만 너와도 같이 있지 않는다는 해석이 옳을 것이
다. 그런 남자와는 하루빨리 헤어지는 것이 좋다. 언젠가는
너와의 관계를 청산할 생각이지만 잠시 동안은 계속하고 싶
다는 얘기니까.

불륜은 몰래 하니까 타오르는 것이다.

대체적으로 아내의 흉을 보거나 이혼하겠다는 식의 말을
하는 남자는 별 볼일 없는 남자다. 그런 남자와 지내는 시간
이 헛될 뿐이다. 게다가 다시 태어나면 너와 결혼하고 싶다
고 얘기하는 불륜의 남자만큼 웃기는 사람도 없다.

나에게 있어서의 최고

요 며칠간은 일찍 일어나서 원고를 쓰고 있다. 그래야만 되는 것이 최종 마감이 된 원고가 여러 개 겹쳐서 더 이상은 게으름이 안 통하게 되었다.

글을 쓰다 문득 창밖을 내다보았다. 새벽 노을이 너무 아름다웠다. 펜을 놓고 한숨 돌리는 시간으로 정했다. 5층 베란다에서 보는 새벽의 아름다움, 겨울로 접어드는 가을의 잔여, 황홀할 만큼 눈이 부시다.

냉장고에서 샴페인을 꺼내 한 잔 따라서 새벽 공기와 함께 한 모금 마셨다. 이것을 행복이라고 하지 않고, 이것을 사치라 하지 않고 달리 뭐라고 표현할 수 있을까.

나는 이 나이에도 좋아하는 사람과 식사를 하고 영화를 보고 재즈를 듣고 하는 생각이나 하며 산다.

더 열심히 글을 쓰고 좋은 책을 써서 많은 인세를 받으면 돈도 생기고 명예도 생기련만 그렇게 분발하지를 못한다. 한 달에 30장 쓰는 정도다. 다른 작가들의 눈부신 창작생활을 보면 부럽다. 그러나 사람에게는 그 사람에게 맞는 페이스라는 것이 있기 때문에 이런 사람이 있어도 괜찮다는 생각을 한다.

문제는 이 나이가 되어도 돈을 모르는 것이 문제다. 물론 나는 청빈사상이라든가 가난한 것은 싫다. 너무 가난하면 마음대로 호텔에 머물 수 없을 뿐더러 충동 구매도 할 수가 없고 와인이나 샴페인도 마실 수가 없으니까 말이다.

그러나 나는 아직도 돈의 가치를 모른다. 예전에 돈이 전혀 없었을 때도 나는 돈의 가치를 몰랐다.

부자 남자가 여자에게 요트를 태워 주는 것이나 가난한 남자가 여자에게 버스를 태워 다니는 것이나 내 속에는 같은 가치관을 갖고 있었다.

좋아하는 남자가 보고 싶다는 생각이 들면 한밤중에라도 달려가는 것, 그런 것이 나는 사치라고 생각해 왔다.

돈은 나에게 있어서는 편리한 도구이지 그 이상도 이하도 아니다. 평생 입을 만큼의 질 좋은 옷을 사야겠다는 생각도 없고, 최고급 레스토랑의 단골 손님이 되고 싶은 생각도 없다.

사치라는 것은 언제나 한 순간이니까 사치로 존재할 수 있는 것이다.

그러나 거기에는 나름대로 조건이 있다. 고급 샴페인을 마실 수 있는 사람은 많지만 그것을 마시면서 남자나 여자를 설득할 수 있는 상황을 만드는 사람은 별로 없다. 재즈 콘서트에 갈 수 있는 사람은 많지만 그것을 자신의 향수나 가슴으로 받아들이는 사람은 별로 없다. 돈을 내기만 하면 캐비아도 얼마든지 먹을 수 있다. 하지만 남자 손에 있는 은스푼으로 직접 입에 넣어 주는 것을 먹어 본 경험을 가진 여자가 그렇게 많은 것은 아니다.

돈만 있으면 최고급 차를 사거나 최고급의 옷을 사거나 보석을 살 수 있고 무엇이든 할 수 있다.

내가 생각하는 것은 살 때의 상황보다 쓰여질 때의 상황에 있다고 생각한다. 그 상황이 향수와 같이 감싸여지는 것, 향수라는 이미지를 단정시켜서 말한다면 기억이라고 해도 좋을 것이다. 추억에 잠겨 둔다는 의미가 아니다. 달콤한 아픔을 불러일으킬 때 그것을 사치라는 이름을 붙여도 좋다는 얘기다.

요즘 나의 사치는 역시 원고를 쓰고 난 뒤 입안을 황홀하게 만드는 차가운 샴페인 한 잔, 그것이다.

러브스토리의 부재인 TV 드라마

말이 없는 드라마는 있을 수 없고 기품이 없는
언어에 러브스토리는 나올 수가 없다.

한국의 TV 드라마는 인간관계의 밸런스를 이상하게 만들어 버렸다. 누가 누구에 대해서 존경어를 쓰는 것조차도 모르게 해 버렸다.

존경어에 대한 무감각, 젊었든 늙었든 어머니한테도 엄마라 부르고 친구나 여인이나 어린애한테 모두 반말이다. 심지어 연인들한테마저 반말이다. 연인들 사이에는 아예 이름이 없다. 상대를 부르는데 '야! 야!'의 연속이다.

TV 드라마 속에서 두 사람이 말을 하고 있는데도 제3자를 끊임없이 의식해야 한다. 제3자라는 것은 눈앞에 있는 상대가 손위인가 아래인가 구분이 안 가는 말투이다. 옷차림새로 보아 제멋대로 해석할 수밖에 없다.

말이라는 것은 행동이나 그 무엇보다도 에로틱한 것이다. 우리나라의 방송 작가들이 상대방의 칭호, 특히 연인들이 서로에 대한 칭호를 '야! 너' 이런 식으로 쓰는 한 한국은 진정한 러브스토리가 나올 수 없다.

러브스토리라는 것은 어느 정도의 정신적인 성숙도가 없으면 불가능한 것이다. 정신적인 성숙도란 우선 상대에 대한 이름을 제대로 불러야 비로소 시작되는 것이다.

그렇지 않은가. 'OO씨 사랑해요' 하는 것과 '야! 사랑해' 하는 것은 뉘앙스가 하늘과 땅 차이이다.

그 아름다운 이름들, 뜻깊은 칭호는 어디에 갔는지. TV 드라마에서 지겹도록 듣고 있는 '야! 야!'라는 칭호에 지겨움을 느낀다. 어떤 의미에서 그것은 TV 드라마 작가들의 폭력이다. TV 드라마 작가들의 정신적인 성숙도에 의심이 간다. 드라마 내용이 폭력적인 것, 불륜에 관한 것 등등. 내용의 규제가 앞설 것이 아니라 언어의 선택, 칭호의 구별, 정신적 성숙도를 우선 선호해야 한다는 생각이 든다.

테네시 윌리암스의 작품들이 그토록 사랑받고 오래 읽혀지는 것은 등장 인물들의 대사에 있다. 물론 대부분의 작품들이 희곡으로 써어진 것을 영화나 드라마로 만들었다 해도 같은 얘기다.

사랑의 소설들이 드라마로 전부 성공한 것을 보면 역시 대사에 있었다. 권태, 허무, 수락, 그런 것을 표현한 사강 나름대로의 문체에 대한 시적인 표현, 인물들의 댄디즘이었다.

다시 말해서 정치와 사회를 결코 묘사하지 않고 남자와 여자의 애정만을 다룬 소설이 드라마나 영화나 희곡으로 성공할 수 있었던 것도 언어였다.

말이 없는 드라마는 있을 수 없고 기품이 없는 드라마도 있을 수 없고 기품이 없는 언어에 러브스토리가 나올 수 없다.

아름다운 우리의 말, 우리의 이름을 쓰는 데서부터 힘을 기울였으면 한다.

TV 드라마에 나오는 연인들이 '야! 야!' 하고 부르는 장면을 볼 때마다 드라마 작가들의 불모의 감성에 섬뜩해짐을 느낀다.

작가 테네시 윌리암스

작가는 양쪽의 성분을 갖고 있어야 한다고 나는 생각한다. 즉 남성의 눈을 가지고 여성을 볼 수 있어야 한다. 그것도 욕정의 대상으로서의 여성을 말이다. 동성에 대한 시선을 전혀 다른 각도에서 보는 것도 필요하다.

남성 작가도 마찬가지다. 다른 남성의 모습을 보고 아무것도 느끼지 않는다면 여자의 심리를 쓸 수가 없을 것이다.

여성은 자신을 위해서 몸치장을 하는 경우가 많다. 가슴이 깊게 패인 드레스나 배꼽티, 미니스커트도 자신을 위해서 입는다. 남자는 그것을 알아야 한다. 여성들이 그런 옷들을 입고 치장하는 것을 남자를 위해서라고 생각하면 큰 오산이다. 그렇다고 남자의 시선을 전혀 의식하지 않는다는 것은 아니다.

작가뿐만이 아니라 모든 남자와 여자는 양성의 눈을 가지고 서로를 볼 때 가장 밸런스가 맞는다는 생각이 든다.

《뜨거운 양철 지붕 위의 고양이》, 《욕망이라는 이름의 전차》, 《비의 뉴올린즈》의 작가 테네시 윌리암스는 언제나 작품 속의 누군가에게 자신을 표현한다. 《비의 뉴올린즈》의 경우는 여주인공 알바에게, 작가의 유리처럼 섬세하고 그래서 병적이라고 할 만큼 예민한 신경을 겹쳐서 표현하고 있다. 《뜨거운 양철 지붕 위의 고양이》에서나 《욕망이라는 이름의 전차》에서도 그렇듯이, 병적으로 섬세한 여주인공이 테네시 윌리암스 자신이라고 할 수 있다.

그처럼 작가 자신이 반대의 성에 깊게 투영되어 있다. 작자가 남성이고 여주인공이 당연히 여자라는 의미에서. 그것이 테네시 윌리암스 작품의 특이성이랄지 특색이라 할 수 있다. 물론 작가가 호모섹샬이라는 것과 무관하지는 않지만.

아무튼 작가는 양쪽을 다 그릴 수 있어야 한다고 생각한다.

테네시 윌리암스 작품의 특징은 육친에 대한 증악과 사랑의 커다란 살포이다. 또 하나는 남자와 여자 사이에 있는 넘을 수 없는 도랑의 깊이이다. 육친에의 증악은 육식인종이라고 감탄하지 않고는 있을 수 없을 만큼의 박력이 있다. 강대한 모친이라든가 너무도 억압적인 아버지가 얼마나 아이들의 정신을 비뚤어지게 하고 있는가를 무서울 만큼 잘 그려내고 있다.

 기가 센 여자

육친에 의한 정신적 박해 또는 그 반대로 지나치게 사랑함
으로써 사람은 파멸당한다. 다른 사람을 사랑할 수 없게 되
고 마는 불행, 정신적으로나 육체적으로 윌리암스의 주인공
들은 모두 불모의 사랑으로 괴로워한다.

시대가 바뀌어 테네시 윌리암스의 작품이 색바랜 면도 없
지는 않다. 이제는 가족주의에서 개인주의로 바뀌었다. 종래
의 작품세계의 슬픔도 색바랜 듯이 약해졌다.

그러나 인간의 양성을 그린 작가로서 그처럼 잘 그려내는
작가를 나는 본 적이 없다.

그가 그리는 여성들의 비극, 그것은 이상의 세계가 현실이
고 현실이 비현실인 것이다. 그녀들이라는 것은 곧 작자 테
네시 윌리암스가 그렇다는 의미다.

사랑과 거짓

남자의 간교함과 거짓이 있는 한 그것이 러브스
토리라는 이름으로 존재할 것이다. 사랑이란 착
각과 오해, 갈등과 증오, 기대와 배신 등으로 되
어 있으니까.

글을 쓰는 입장에서 얘기를 하면 남자와 여자의 대화 하나
하나가 모두 흥미롭다. 예를 들어 남자가 여자에게 '내가 전
화를 할 테니까'라고 한 그 한마디에도 여자와 남자의 드라
마가 있다는 얘기다. 거짓이 있고 진실이 있고 상처마저 엿
보인다.

남녀의 관계에서 최후까지 사랑한다고 말하지 않는 남자
의 간교함이나 고통, 또 그것에 연연하는 여자의 심정이 모
두 대화에서 나타난다.

그토록 관능적이고 정열적이던 남자가 '내 쪽에서 전화할
테니까'라고 했다면, 그것은 너하고는 끝났다는 의미이다.
게다가 너 쪽에서는 전화하지 말아 달라는 얘기이기도 하다.
결국 그 남자한테서는 두번 다시 전화가 걸려오지 않는다.

'내 쪽에서 전화를 할 테니까'라는 말은 '안녕'이라는 말

 기가 센 여자

보다 훨씬 잔인하다. 왜냐면 있을 수 없는 기대를 갖게 하기 때문이다.

남자들은 그 말을 참으로 여러 가지 뉘앙스로 쓴다. 이것으로 끝내자는 의미라든가 하는 식으로.

또 정열적인 정사를 나눈 뒤 한숨을 쉬며 그런 얘기를 하면 너와는 두번 다시 만날 이유가 없다는 얘기다.

남자들은 확실하게 그만 만나자라든가 끝이라든가 하는 식의 표현은 안하지만 그런 의미를 갖고 얘기한다. 그것이 남자의 간교함이다.

'내일 6시에 전화할게' 하는 것은 전혀 다르다. 그때에는 6시에 전화를 한다.

'내 쪽에서 전화를 할 테니까' 하는 말에는 몇 시라는 것이 없다. 무엇 하나 약속하는 것이 없다. 그것을 알아차리고 '몇 시에 전화할 거야?' 라고 묻는 여자도 있지만 대개의 여자들은 더 이상 묻지 않는다. '내 쪽에서 전화할 테니까' 하는 뉘앙스 속에서 몇 시에라고 물을 수 없는 무엇인가를 느꼈기 때문이다. 자존심이 강한 여자라면 거기서 대번에 알아차린다.

'몇 시에 전화할 건데?' 하고 물으면 아마 대개의 남자들은 다음주쯤에 하는 식으로 대답할 것이다.

그럴 마음이 없으니까 내일 여섯 시라는 얘기는 하지 않는다. 절대로. 그렇다고 일개월 뒤에라고도 하지 않는다.

차라리 전화를 않겠다든가 넌 내 취향의 여자가 아니라든가 확실하게 얘기하면 가슴이 아프지만 정리를 할 수 있다. 여자 쪽에서도 말이다.

그런데 마음에도 없으면서 있는 척해서 있을 수 없는 기대를 갖게 하는 남자의 잔인함이야말로 도무지 이해할 수가 없다.

남자들은 말한다. 상대에 대한 배려 때문이라고. 확실하게 말하면 상대가 상처받을 것 같아서라고.

거짓과 진실. 하기야 별처럼 많은 남자들이 있고 남자들의 수만큼 스토리가 존재한다. 남자의 간교함과 거짓이 있는 한 그것이 러브스토리라는 이름으로 존재할 것이다. 사랑이란 착각과 오해, 갈등과 증오, 기대와 배신, 그런 것들로 되어 있으니까.

남녀관계에서 남자가 여자에게 좋아한다는 말밖에 하지 않는 경우도 마찬가지다.

나름대로의 행복론

행복이나 불행은 현상이 아니라 그것을 자신이
어떻게 받아들이는가에 따라 결정되는 것이다.

행복하게 사는 방법에 조건이 있다면 낙천적이라야 한다
는 것을 뺄 수가 없다는 생각이 든다.

예를 들어 똑같은 인생을 사는 두 사람이 있다고 치자. 시
험에 실패했을 경우 열심히 공부했는데 떨어졌으니 더 이상
어쩔 수 없다고 생각하는 사람이 있고, 할 만큼 했는데도 안
됐으니까 다른 학교를 택하면 된다는 사람이 있다.

연인에게 버림받았을 때도 '나는 별볼일 없는 여자다. 여
자로서 매력도 가치도 없다'고 생각하는 사람이 있는가 하
면, '저 남자는 보는 눈이 없어서 나같이 괜찮은 여자를 못
보는 거야' 라고 그렇게 생각하는 사람도 있다.

나 역시 더 예뻤으면, 노래를 잘 불렀으면, 돈이 많았으면
하는 작고 큰 바람이 많다. 그럴 때면 없으면 없는 대로 지
금 이렇게 살아가는 것만도 다행이고 감사한다는 쪽으로 생

각을 한다.

행복이나 불행이라는 것은 현상이 아니라 그것을 어떻게 받아들이는가에 따라서 결정되는 것이다.

모든 것은 전부 자신이 만든 괴로움이라고 생각하면 편하다. 나쁜 일이 생기면 사람은 대개 타인의 책임으로 돌린다. 내가 선택한 것이라고 받아들여 버리면 적어도 누군가에 대한 원한이나 증오는 없어지는 것인데.

최근에는 적극적인 사고라는 멋있는 표현을 자주 듣는다. 그것은 행복하게 살아가는 하나의 지혜라는 생각이 든다. 그래서 나는 괴로움 속에서도 즐겁게 지내기 위해서 낙천적인 쪽을 택했다. 낙천적인 인생이라고 하면 언뜻 봄볕처럼 따사롭고 만사태평인 것 같지만 그렇지만은 않다.

실제로 낙천가라는 것은 괴로움을 제 몫으로 갖게 마련이다. 낙천가는 현실에 대해서 이른바 신경을 끄기 때문이다. 사람을 의심하지 않고 무엇이든 잘 될 것이라고 생각하고. 좋게 말하면 어떤 경우에라도 희망을 버리지 않는다는 얘기가 된다. 그런데 한편으로는 현실을 직시하지 못하는 바보스러운 면도 있다.

나는 가끔 그렇게 고생했는데도 전혀 고생한 사람 같지 않다는 얘기를 듣는다. 돌이켜보면 나의 삼십대는 참담했다. 괴로움의 연속이었다. 그 괴로움의 반은 자신이 만들었던 것이었다. 나의 어리석음, 성격 때문이었다.

 기가 센 여자

집에 불이 났다고 가정을 했을 때 사람들은 우선 달아난다. 현명한 사람은 그 와중에도 귀중품만은 챙겨서 달아난다. 현명한 사람은 어떤 때라도 평정심을 잃지 않는다. 그런데 나는 평정심은커녕 달아나야 하는 것조차도 못하는 인간이라는 얘기다. 멍하게 불길 속에 서 있는…….

평정심이라는 것은 보통때와 변함없는 침착한 마음을 말하겠지만 나는 보통때도 그런 침착한 마음을 갖고 있지 못하다. 보통때도 태풍이여 눈보라여 하는 식으로 산다.

무엇인가를 하려고 하면 언제나 격하게 행동을 해 버린다. 그래서 괴로움을 두 배 세 배로 만든다. 모든 일을 성가시게 만들어 버리는 기질 덕택에 그런대로 인생에 대한 정열을 잃지 않고 살아가는 셈이다.

머리가 나쁘면 몸이 바쁘다고 한다. 내 방식대로 태풍이여 눈보라여 하면서 남보다 배나 힘들게 살지만, 누군가를 오래 증오하고 미워하지 못하는 나의 성격이 낙천적이라면 낙천적인 때문이다. 그것이 곧 나의 작은 행복이기도 하다.

기(氣)가 센 여자

혼자서 자기 인생을 정면 충돌해 나가야 하는 여
자에게 있어서 기가 세다는 말은 하나의 구원이
다.

나는 기(氣)가 세다는 애기를 가끔 듣는다. 그렇다고 그
말에 대해서 별 저항은 없다. 그런데 좀 억울한 생각이 드는
것도 사실이다. 사실 나는 기가 허(虛)해서 과장된 애기로
인세의 대부분을 한약을 지어 먹는 데 쓰고 있다. 그러니 알
고도 모를 일이다.

기가 세다는 일반적인 이미지는, 우선 지기 싫어하고 하고
싶은 애기를 확실하게 하고 자기라는 주관을 갖고 있고 타인
을 지배하려고 하는 등의 것이다. 이렇게 쓰고 보면 네거티
브한 인상은 별로 없다.

예전에 어느 회사의 면접에서 '어떤 여성을 채용하느냐' 는
질문에 '기가 센 여성' 이라고 했다고 한다. 두번째로는 '명
랑한 여성' 이라고 했다. 그 두 개가 없으면 여자는 아무런
가치도 매력도 없다는 애기를 했다. 그 말이 마음에 들었다.

그렇지 않은가. 능력 있는 여자가 기가 센 것은 당연하다. 부드럽고 너그러워도 능력 없는 여자보다는 기가 세더라도 능력 있는 여자를 회사는 우선하기 때문이다.

얼마 전만 해도 기가 세면 시집을 못 간다고 겁을 주기도 했다. 그러나 요즘은 많은 여성들이 기가 센 여자라는 명칭을 오히려 자랑스럽게 받아들이는 시대가 되었다. 내 친구들 중에도 기가 세다는 것을 일종의 칭찬의 말로 생각하는 예가 얼마든지 있다.

심리학자적인 측면의 얘기는 잘 모르겠지만, 기가 세다는 것은 역시 후천적인 것이 아닐까 하는 생각이 든다. 적어도 의도적인 것이다. 그 예로 아이들에게 기가 센 여자는 없다. 그 비슷한 행동을 하는 아이들은 단순히 말 안 듣는 아이들, 버릇없는 아이들이라고 할 뿐이다.

또 이상하게도 기가 센 남자라는 얘기도 들어 본 적이 없다. 남자로서 자기 주장이 강하고 적극적인 성격은 당연하게 생각한다. 기가 세다는 것은 오랫동안 남성적이라는 말과 동의어였다.

기가 센 여자에 대해서 사람들은, 특히 남성들은 용서가 없는 편이다. 용서는커녕 가해적이기까지 하다. 특히 한국 남성은 그런 경향이 짙다. 무엇인가 조금이라도 제재를 받아야 한다고 생각하는 모양이다.

나도 10대에서 20대에는 마음이 약하고 조용한 여자였다.

믿기 어려울지 모르지만 남과 다투는 것은 있을 수 없는 일이었다. 싸움이라는 것을 해 본 기억도 별로 없다. 싸움은커녕 얌전한 아이로 불리고 싶어서 분발했다. 그 보람이 있어서 누구 한 사람 기가 세다는 얘기를 하는 것을 들어 본 일이 없다.

당연한 얘기다. 바라는 것이 없으면 누구도 투쟁하지 않는다. 하려고 생각하지도 않는다. 승리해 본 일이 없으면 누구도 지기 싫다는 생각이 없을 것이다.

기가 센 여자라고 불리우는 것을 두려워한다는 것은 패배의 슬픔을 모르기 때문이다.

여자다움, 아름다움, 귀여움, 그런 것만으로 많은 것을 손에 넣을 수 있는 여자라면 얘기는 다르다.

그러나 나같이 혼자서 내 인생에 정면 충돌로 싸워 나가야 그 무엇인가를 하나쯤 손에 넣을 수 있는 여자에게 있어서 기가 세다는 것은 하나의 구원이다.

죽음에 대한 소망

만일 우리들에게 고통이 없는 죽음이 약속된다
면 우리들의 인생은 얼마나 구원받는 것인가.

나는 나의 어머니를 암으로 잃어버렸다. 그때 어머니의 나이는 64세였다.

마지막으로 어머니를 뵈었을 때 나는 심장이 터질 것 같았고 다리가 움직이질 않았다. 어머니는 뼈와 가죽만 남은 고통의 존재처럼 보였다. 내 가슴에 격한 분노가 일었다.

왜 인간은 죽을 때 이렇게 괴로워하지 않으면 안되는가 하고 생각했다. 어머니의 모습을 봤을 때 그런 격통, 괴로운 아픔, 인간으로서의 존경까지 뺏아 버릴 만큼의 심한 아픔은 필요가 없다고 느꼈다.

의학이 발달하고 온갖 약이 만들어지고 훌륭한 의료기술이 발달되었다. 그럼에도 불구하고 죽음을 향한 사람들의 아픔을 덜어 줄 수 없다는 것은 어떻게 된 일인가 하고 생각해 봤다.

신장 이식이 가능하고 복잡한 뇌나 심장 수술이 가능하고 오래 살 수 있게 되었지만, 우리들이 죽을 때의 보살핌은 전혀 없다는 생각이 든다.

나는 인간으로서 존경을 받으며 죽고 싶다. 육체와 신경, 뼈와 내장의 진통에 울부짖으며 죽고 싶지는 않다. 또는 울부짖을 만큼의 체력이 전혀 없는 상태의 고통 속에서는 죽고 싶지 않다. 나는 죽는다면 자신의 죽음의 때를 나 자신이 정하고 싶다. 괴로워하며 진통제 같은 것으로 억지로 연명하고 싶지는 않다.

의사는, 또는 국가는, 아니 우리들 한 사람 한 사람 모두가 언젠가 누구에게든 평등하게 찾아오는 죽음에 대해서 생각하지 않으면 안된다고 생각한다. 그러므로 안락사의 문제를 포함해서 죽음의 의학, 죽음의 학문, 죽음의 카운셀링 같은 것이 필요하다. 모든 사람은 존경을 받으며 죽음에 마주 대할 권리가 있다. 고통 속에 우리들의 늙은 육체와 혼을 방치해 두는 것은 의사들의 태만이라고까지 생각된다.

나의 어머니의 죽음을 보고 내가 강하게 느낀 것은 그런 것이었다.

우리들은 그것이 누구이든 인간을(또는 동물도 마찬가지다) 뼈와 가죽의 고통의 존재에까지 방치해서는 안 된다.

인간은 누구든 언젠가는 늙고 죽어 간다. 그것은 어쩔 수 없다. 그러나 만일 우리들에게 적어도 고통이 없는 죽음이 약속되어 있다면 우리들의 생이라는 것이 얼마나 구원을 받는 것인가. 그렇게 되면 아마 인간은 행복으로 충만되어 충실하게 살아갈 수 있지 않을까 싶다.

최근에 와서는 좋게 나이 들고 싶다는 생각을 해 본다.

우리들의 노년이라는 것은 본래 자신들이 젊었을 때 땀흘리며 일하고 뿌린 씨가 열매를 맺고 그것을 거둬들이는 때인 것이다.

만일 나의 노후에 인간적인 존경을 받으며 죽을 수 있다고 생각하면, 늙는다는 것이 그렇게 두려운 것만은 아니라는 생각이 든다.

안락사라는 것과 함께 존경사도 필요하다는 생각이 든다.

당신의 뜻대로

재능이라는 나이프에 필요 불가사의한 정석은
오직 끊임없는 노력 하나뿐이다.

매일 공원에서 시간을 보냈다. 비오는 날은 집에서 빈둥댔
다. 글을 쓰려고 하지만 쓸 수 없었다. 쓸 수 없으니까 책을
읽었다. 읽고 또 읽고. 읽을 것이 없으면 전에 읽었던 책을
찾아 다시 읽었다.

《헨리 밀러》를 읽었다. 반복해서 《헨리 밀러》를 읽고
있으면 우주와 같은 것을 느낄 수 있다. 과학적인 우주가 아
니라 마음의 우주랄까 그런 것이었다.

몇 년이 지난 지금도 그때의 고양은 표현할 길이 없다. 감
성은 물기 어리고 마음속 어디에선가는 비명을 지르고 있었
다. 얼마든지 나의 언어가 나올 것만 같은 생각이 들었다.

그러나 역시 쓸 수 없었다. 고양된 상태에서 원고지 앞에
앉지만 한 줄 또는 두 줄 정도 쓰면 이미 펜이 움직이질 않
았다. 그러면 또 《헨리 밀러》를 펼쳐 든다.

　깊은 밤 두 시 세 시까지 원고지를 쳐다보지만 원고지 위에 적혀진 것은 불과 한두 줄뿐이다.

　《헨리 밀러》를 책장 구석에 꼽아 놓고 또 다른 책을 꺼내 본다. 책 읽는 것을 그만둬야지 결심하고 정신을 차려 보면 불교 책을 읽고 있다던가 사전을 읽고 있을 때가 있다. 활자 중독까지는 아니더라도 나는 그렇게 도망치고 있었다.

　열심히 써야 할 시기에 왜 그랬을까 하는 것을 생각하면 지금도 이상하다. 공원 산책을 이사할 때까지 계속했다. 그러나 활자에 몰입하는 것은 어느 시기에 멈췄다.

　문득 쓰기 시작했다. 맹렬히. 맹렬하게라는 말을 쓰면 좀 노골적인 기분이 들지만 달리 적당한 말을 찾을 수가 없다.

　싸구려 아파트의 방 한 구석에서 웅크리고 있는 서른이 넘은 여자, 몸 어디에선가 짐승의 울부짖음이 있었다. 그 중년의 여자가 남자와 여자의 판단을, 여자가 남자를 사랑하고 배신하고 증오하고 이별하고…… 그것을 쓰기 시작했다.

　그때까지 나의 언어가 없었다는 것이 거짓말이었던 것처럼 말이 터져 나오기 시작했다. 정신이 들었을 때는 책 한 권의 분량이 되었다. 처음에는 믿을 수가 없었다.

　중학교 때 처음으로 교지에 나의 글이 실렸을 때 나는 내가 다이아몬드라고 믿었다.

　그 후 파란만장한 세월을 지나오면서, 수십 번의 결선과 탈락을 거치면서 나는 다이아몬드가 아니라는 것을 알았다.

그러나 돌은 돌 나름대로, 구리는 구리 나름대로 닦으면 결국 반짝이게 되어 있다. 닦기 위해서 노력하는 것이 재능이 아닌가. 무엇이든 좋다. 닦는 데 의미가 있다.

작가 킹그는 '재능이라는 것은 퍼내는 물처럼 언제나 고여 있는 것이지만 실제는 물이라기보다 커다란 광석의 덩어리에 가깝다'고 말했다.

재능은 닦아내는 것이 가능하지만 재능을 닦는 것은 말하자면 별개의 것이다. 재능만으로는 무딘 칼과 마찬가지다.

그러니까 재능이라는 나이프에 필요 불가사의한 정석은 오직 끊임없는 노력 하나뿐이다. 노력에 의해서 닦여진 칼은 반드시 날카로울 수밖에 없으니까.

재능을 돌에 비교하고 재능을 갈고 닦지 않으면 아무런 의미가 없다는 킹그는, 다시 그 사람에게 알맞는 때와 장소가 있다고 했다.

적당한 때는 신만이 알고 있지만 적당한 장소에 한해서는 반드시 자기 힘으로 찾아내게 되어 있다고 했다.

킹그의 말에 의하면 재능을 갈고 닦았던 시기는 자기에게 알맞는 장소에 도달하는 길을 볼 수 있는 과정이라고도 할 수 있다.

다만 한 가지 확실하게 말할 수 있는 것은 책을 많이 읽는다는 것은 무엇인가를 닦는 기본임에는 틀림이 없다는 것이다.

　또 어떤 방법론보다도 자신의 내부에 있는 뜨거운 것이야말로 독자에게 호소력이 있다. 그것이야말로 전통적인 엔터테인먼트(entertainment)의 방법이라는 생각이 든다. 예술도 재능도 닦아야 보배로우니까.

상처

나는 건강 우량아이면서 무신경한 인간인 나
스스로가 싫어서 내가 나의 손톱으로 긁어 온
인간이다.

수필이라는 장르를 선택했을 때 나는 한편으로 두려운 마음이 없지 않았다. 나라는 여자가 지금 이렇게 존재하고 있는 결정적인 원인을 또는 이유가 된 과거의 체험을 써야 하기 때문이다.

그것은 고통스럽고 견딜 수 없는 일이었다. 의식의 저변, 또는 무의식의 영역까지 파헤치며 쓸 필요가 있는가 하는 생각이 들었다. 그것조차도 상처라는 생각이 들었다.

상처 그 자체를 정시하고 싶지 않았다. 두려웠다. 그래서 건들지 말고 모른 척 덮어두고 싶었다. 그러면서도 한편으로는 인간은 살아가는 과정에서 상처를 받고 상처가 있는 것이 당연한 것인데, 그것이 무엇이었는가 어떤 체험이었나 하는 것을 알고 싶은 강렬한 갈망도 있었다.

또 한편 그래야만 과연 글을 쓸 수 있는가 하는 두려움도 있었다. 아프고 견딜 수 없는 체험이라는 것은 전혀 없고 정신도 육체도 건강 우량아인 채로 나타날지도 모른다는 또 다른 불안이 있기도 했다.

과거의 상처를 다시 건들고 그 상처로 인한 한을 다시 만들고 하는 것이 내게 어떤 의미가 있을 것인가.

무엇보다도 괴로운 인식은 자신이 유일무이의 존재가 아니라 어디에도 있는 흔한 여자라는 발견이었다.

많은 사람들과 나란히 섰을 때 자신의 얼굴을 잃어버릴 것 같은 공포에 나는 단체로 행동하는 것을 거절해 왔던 것이 아닌가. 초등학교 때의 운동회, 수학여행, 단체 관람 등 헤아릴 수도 없이.

평균에 집어 넣어서 자신의 얼굴을 잃어버릴 정도라면 차라리 누락되는 편이 훨씬 낫다는 생각이 들었다.

사실 꾀병이나 농땡이를 쳐 단체생활에서 내가 할 수 있었던 것은 최고가 아니면 차라리 꼴찌로 있는 쪽을 택할 수밖에 없었다.

상처를 갖고 있어야 한다고 생각하는 것은 나의 개인적 기호의 문제라는 생각이 들었다.

내게 겉으로 보이는 상처는 없었다. 타인에 의해서, 친구나 사랑하는 사람에 의해 상처를 입었다는 결정적인 증거도 없거니와 그것을 나타낼 상처받은 자리를 찾을 수도 없었다.

그러나 상처는 있었다. 무수히. 그 어느 것도 타인에 의한 것이 아니라 나 스스로, 내 손으로 낸 상처였다.

나는 건강 우량아이면서 무신경한 인간인 나 스스로가 싫어서 내가 나의 손톱으로 긁어 온 인간이다.

또는 자신의 악의의 가시로 육체를 상처입히고 언어의 총으로 내 가슴을 향해 쏘아댄 여자인지도 모른다. 그런 것이 수필을 쓰면서 조금씩 밝혀진 것이다.

오월에 쓰는 편지

어머니의 한숨을 헤아릴 나이가 된 나는
요즘 무척 어머니가 그립다.
'어머니, 당신이 너무도 그립습니다' 라고.

어렸을 적에 내가 살던 집 뜰에는 아주 크고 오래 된 벚나무가 한 그루 있었다. 보통때는 늙고 병든 나무처럼 보이는데 봄이 되면 청춘으로 되살아나곤 했다. 볼만하게 꽃을 피워 초라한 우리집 뜰을 화려하게 장식해 주었다.

그때만 해도 철철이 집집마다 울타리 너머로 해바라기도 보이고 목련도 보이고 키 큰 칸나도 보이고 줄장미도 보였다. 그런데 유독 우리집 뜰에만 벚나무가 있었다.

벚꽃이 피는 기간은 짧아서 활짝 피고 나서 일주일이면 져버린다. 어쩌다 봄비라도 하룻밤 내리고 나면 뒤뜰은 물론 동네 어귀까지 젖은 꽃잎이 나뒹굴었다. 그런 것이 지저분하고 어수선하다고 짜증을 내시는 동네 할아버지도 계셨다.

바람이 불면 눈송이처럼 흩날리던 벚꽃의 아름다움도 비에 젖어 떨어진 꽃잎의 눅눅함도 어린 나의 마음을 아프게

했다.

어느 해인가 길이 넓혀지고 구획 정리가 되면서 우리 동네의 집들을 다 뜯게 되었다.

학교에서 돌아온 나는 깜짝 놀랐다. 집이 허물어진 것은 물론 그 벚나무마저 잘려 없어졌기 때문이다. 나는 발을 동동 구르며 울었다. 아무리 울고 불고 해도 소용없는 것은 없는 것이었다.

그 벚나무는 누가 뭐라고 해도 나의 자랑이었다. 초라한 초가집인데 봄만 되면 벚꽃 때문에 난 폼을 잡을 수 있었으니까. 온 동네에 자랑하고 심지어는 이웃 동네에까지 자랑을 하고 다녔다. 봄을 가르쳐 주고 아름다움을 배우게 한 그런 나무였다.

웬만한 것은 대개 포기하면서 살아가지만 그 벚나무만큼은 오랜 세월 그럴 수가 없었다. 아름다웠던 기억과 함께.

허물어진 집과 벚나무를 베어 낸 우리집 터에 중앙로가 만들어졌다. 빌딩이 서고 밤이면 네온이 켜졌다. 그 거리에 서면 왠지 외로웠다.

봄이 되면 차를 타고 여기저기를 돌아다녔다. 행여 어디엔가 벚꽃이 피어 있을까 하고.

몇 년 전부터 전농로에 봄이면 벚꽃이 흐드러지게 핀다는 것을 알았다. 나는 설레는 마음으로 달려 나갔다. 추억 때문에 휘청거리는 다리를 가누기 어려워 사랑하는 사람에게 전화를 했다. 벚꽃 핀 전농로로 나와 달라고. 그러나 역시 그 거리에서도 나는 외로웠다.

나의 어머니도 벚꽃을 무척 좋아하셨다. 우리집 뜰에 있던 벚나무가 꽃을 피우면 참 아름답지 하고 몇 번이고 내게 물으셨다. 그리고 비에 젖어 떨어진 꽃잎을 언제나 아쉬운 듯 쓸어 모으셨다. 때로는 한숨을 길게 내쉬시면서.

어머니의 한숨을 헤아릴 나이가 된 나는 요즘 무척 어머니가 그립다.

천국에 계신 어머님께 전화를 걸어 '어머니가 좋아하시는 벚꽃이 너무 아름답습니다. 꽃구경 오세요' 하는 그 한마디를 할 수 없음에 가슴이 시리다.

'어머니, 당신이 너무도 보고 싶습니다' 하고 벚꽃 흐드러진 거리에서 나는 가슴속에 그렇게 쓰고 있었다.

여자의 우정

여자는 여자에 대해서 이상한 부분에 대단히
엄격하다. 그 이상한 부분이라는 것은 이론이
아니다. 생리적 거부반응이다.

이십 년 이상을 알고 지내는 남자 친구가 몇 명 있다. 그
런데 이상하게도 그런 여자 친구는 없다.

대학 4년간의 친구라든가 여고 시절에 아주 친했던 친구가
있기는 하지만, 이십 년을 줄곧 친구로 있는 여자는 없다.

얼마 전 여고 시절부터 아주 가깝게 지내던 친구와 싱겁게
헤어져 버린 일은 잊을 수가 없다.

그 친구의 남동생이 건축업을 한다기에 집을 지어 달라고
부탁을 했다. 물론 먼저 일을 맡겨 달라고 한 것은 그쪽이었
다. 친구의 동생이니까 우선 신뢰하는 마음이 있어서 나도
부탁을 했다. 그래서 집이 완성됐을 때의 금액의 반이 넘는
돈을 계약금 조로 주었다. 계약서도 영수증도 없이.

그리고 이제나 저제나 하면서 집이 완성되기를 기다렸다.
일 년이 지났다. 집을 지을 생각이 없는지 진전이 없이 그냥

 기가 센 여자

그대로였다.

　기다리다 지친 나는 계약자의 권리로 친구 동생에게 한마디 했다. 내 나름대로 예의를 차리고 친구의 동생이라는 입장 때문에 많이 참았다. 그러나 어떤 상식을 동원해도 납득이 가지 않았다. 배신감까지 느껴져서 몹시 우울했다. 우울증이 심해져 병원 치료를 받아야 할 정도가 됐다.

　그때까지만 해도 친구에게는 아무런 얘기를 안했다. 나와 친구의 동생의 문제니까.

　그런 어느 날 친구한테서 전화가 걸려왔다. 대뜸 함부로 남의 동생에게 야단을 칠 수가 있느냐는 것이었다. 그러면서 오히려 나에게 큰소리를 쳤다. 적반하장이었다.

　믿을 수 없을진 몰라도 나는 그날로 그녀와 절교했다. 상황을 파악하지도 않고 동생 편에 서서 의리를 져버리는 그 정도의 친구에게 나는 미련이 없었다.

　그런 경우 남자 친구였다면 우선 상황을 듣고 친구 쪽에 미안함을 갖고 이해를 구했을 것이다.

　남자 친구와는 이십 년 이상을 지낼 수 있는데 나의 경우 여자 친구는 겨우 4년 정도다.

　왜 그런가 하는 것을 생각해 봤다. 아마 남자와의 우정에는 적당한 거리와 절도가 있기 때문이라고 생각한다.

　초등학교 시절부터의 남자 친구들은 거의 가정이 있다. 생활이 있기 때문에 함부로 할 수가 없다. 전화를 한번 걸 때도 신경을 쓰게 된다. 상대의 집으로는 전화를 걸지 않는 것을 우선 원칙으로 하지만. 회사로 전화를 할 때에도 회의중이나 바쁜 시간은 피하려고 노력한다는 얘기다. 동창 모임 같은 연락망을 취할 때라도.

그런데 여자 친구들은 그런 신경은 거의 쓰지 않는다. 어느 쪽인가 하면 서로의 생활 속에 서슴없이 파고든다. 서로의 치부를 보이기도 하고 또 보기도 한다. 조심성이 없고 거리나 절도가 없다. 그래서 쉽게 상처를 입힌다. 그것이 문제다.

여자끼리니까 속옷도 보이고 부부간의 잠자리 얘기까지 다 해도 상관없다는 의식, 그런 것이 친하기 때문일까. 장소와 시간에 상관없이 상대방에게 파고 들어가는 것은 서로를 신뢰하기 때문일까.

여자는 여자에 대해서 이상한 부분에 대단히 엄격하다. 그 이상한 부분이라는 것은 이론이 아니다. 생리적 거부반응이다. 싫은 것은 철저하게 싫은 것이다. 그래서 아무 것도 아닌 일 때문에 절교해 버린다.

그래도 역시 여자 친구만큼 좋은 것은 없다. 시시한 남자와 식사를 하거나 영화를 보거나 술을 마실 정도라면 차라리 괜찮은 여자 친구들과 행동하는 편이 훨씬 즐겁기 때문이다.

여자 친구와 오랜 우정을 나눌 수 있는 비결이 있기는 있다. 적당한 거리와 절도를 갖는다면, 다시 말해서 남자 친구와 사귀는 것처럼 여자 친구도 사귀면 된다.

그 친구와 오늘 술 한잔 하고 싶다고 느낄 때 두근거릴 수 있는 괜찮은 여자, 그것이 대답이다.

남자 친구와 사귀는 것처럼 여자 친구와 사귀면 된다는 생각을 상대방도 이쪽도 했다면 그까짓 것 때문에 절교 따위는 안했을지도 모른다.

그런데, 이번 여름엔

분명한 것은 나의 악당들로부터 연락이 있든
없든 원고 못 쓰기는 마찬가지다.

매년 여름의 3개월은 단행본을 쓰는 것으로 정해서 하고 있는데, 이번 여름은 그 계획이 빗나갔다. 예정에 없었던 TV드라마 극본의 주문이 있어서였다.

이 일도 하고 저 일도 하는 열성적인 성격이 아니어서 극본 쓰는 것을 끝내고는 여름 내내 빈둥거렸다.

아름다운 제주에 사는 덕택에 여름이면 친구랑 아는 사람들이 매해 찾아온다.

그런데 어떻게 된 일인지 그 악당들은 경치 구경은 뒷전이고 먹는 타령뿐이다. 싱싱한 횟집이 어디냐, 낚시할 만한 곳이 어디냐, 토종닭이 어떻고 제주 흑돼지가 맛이 있다는데 안내를 하라는 둥 야단이다.

여름이 되면 삼일이 멀다 하고 그런 유혹을 받는다. 악당들은 먹성 좋은 나를 그렇게 유혹한다.

 기가 센 여자

이곳까지 온 그들에게 바쁘다는 핑계로 거절하는 것은 설득력이 없다. 또 먹성 좋은 내가 먹는 기회를 놓칠 수도 없고. 그것이 문제다.

더 곤란한 것은 마라도를 같이 가자느니 우도를 같이 가자느니 할 때이다.

그곳은 나도 몇 번이나 가 보고 싶은 곳이지만 배멀미를 심하게 하는 탓에 정말 난처해진다.

배멀미를 호소하면 겨우 몇십 분 타는데 설마 죽기야 하겠느냐고 한다. 악당들에게는 전혀 안 통하는 얘기다. 최후의 수단으로 밥줄인 원고를 써야 한다는 것을 내놓는다. 더 안 통한다. 한두 시간이면 그까짓 것 써버릴 텐데 뭘 걱정이냐고 한다. 걱정도 팔자라고 하면서 아무튼 우선 놀자고 한다. 그런 식으로 악당들은 나를 애먹인다.

그런데 올 여름에는 조용하다. 악당들한테서 전화가 없다. 아무런 연락이 없다. TV 극본을 한 편 쓰고는 여름 내내 빈둥거리고 있는데, 회 먹자, 낚시 가자, 마라도 가자 하는 소식이 잠잠 무소식이다.

올 여름에는 확실하게 놀 작정을 하고 벼르고 있는데 놀 상대가 없다. 맛있는 것을 먹을 상대가 없고, 배멀미를 걱정할 일이 없다.

초라하고 쓸쓸한 여름이었다. 게다가 원고도 한 줄 쓸 수 없었다.

이렇게 한가했다면 단행본 한 권은 충분히 썼을 텐데. 하기야 그것도 예를 들어서의 얘기다. 불가능한 일이지만.

내년 여름은 어떨지.

분명한 것은 악당들로부터 연락이 있든 없든 원고 못 쓰기는 마찬가지다.

 기가 센 여자

반쪽의 행복

무기를 들고 싸우듯 행복을 걸고 주장하는 것.
지는 쪽에도 행복은 있다.

나는 누가 어느 날까지 돈을 빌려 달라고 하면 거절을 못한다. 그런데 세상에는 빌려 달라고 하는 대로 빌려주는 것은 돈 잃고 사람 잃는다는 상식이 있다. 그래서 그럴 때는 상대가 얘기한 금액의 반을 준다는 생각으로 주라는 얘기도 한다.

나는 단순하고 사람을 잘 믿는 편이다. 그래서인지 아무리 그것이 현명한 방법이라고 해도 반을 주고 헤어지는 것이 되질 않는다. 상대는 어느 어느 날에 갚겠노라고 하기 때문이다. 그렇게 말하고 있는 이상 나는 그렇게 믿고 싶다. 그것을 처음부터 의심하고 돌려주지 않는 경우를 생각해서 이건 주는 것이니까 하는 식의 무례한 짓을 나는 못한다. 그런 머리를 쓸 정도면 처음부터 너에게 돈을 빌려주고 싶지 않다고 거절해 버리는 쪽이 훨씬 기분이 좋은 것이다.

서너 번 사기를 당하고 도둑맞고 손해를 보고. 이 나이가 되도록 나의 일상이 평온하지 못한 것은 남을 잘 믿는 단순함을 고치지 못하기 때문인 것 같다. 못 고치는 것이 아니라 고치려고 생각을 하지 않는다는 것이 솔직한 심정이다.

사람들은 어떻게 생각할지 모르지만 나는 그것을 인생 수업의 하나라고 생각하며 살아왔다. 더 얘기를 한다면 나쁜 것을 좋게 만드는 계기라는 생각을 하고 있다.

왜 그렇게 생각하느냐고 물으면 설명이 불가능하다. 그냥 그렇게 생각할 뿐이다.

사람들은 빌려준 돈을 죽을 때까지 못 받는다면 어떻게 하겠느냐고 묻기도 한다. 어떻게든 저떻게든 죽으면 그냥 못 받았네 하면 그뿐이다.

정말 인간만사 새옹지마다. 흉과 복은 마치 꼬아 놓은 새끼줄과 같이 번갈아 온다.

불행한 결혼은 나를 작가로 만들었다. 서너 번 당한 사기는 돈에 대한 집착에서 나를 해방시켜 주었다. 언제나 예견치 않았던 부딪침에 의해 살아가려고 하는 나의 본능이 나를 그렇게 만들었는지도 모른다.

나는 언제나 즐겁게 지내고 싶어하는 인간이다. 분노할 때조차도 즐겁게 분노하고 싶은 것이 나의 욕심이다. 그리고 그것을 조금은 터득을 했다. 즐겁게 분노하는 방법은 쓸데없는 정념, 원통한 일을 버리지 않으면 안된다는 것을.

 기가 센 여자

완전한 의미로서 보다 행복한 인간이란 옷을 벗어 버리듯 다른 행복도 적당하게 잘라서 던져 버릴 수 있는 사람이 아닌가 싶다.

무기를 들고 싸우듯 행복을 걸고 투쟁하는 것, 지는 쪽에도 행복은 있다. 가능하다면 나의 남은 인생이 그런 행복에 의해 만들어지는 것이라면 더 바랄 것이 없겠다.

별 쏟아지던 밤

연인의 변심으로 반지를 버렸던 바닷가.
그 상처를 치유할 수 있던 밤은.

사랑하는 사람의 변심으로 상처입은 나는 함덕 바닷가로 갔다. 여름이 끝날 무렵이었다. 바다는 죽은 듯 잔잔했다. 여름의 끝을 알리는 선선한 바람이 바다 저편에서 불어왔다. 나는 끼고 있었던 반지를 빼서 힘껏 바다에 던졌다. 그리고는 조금 울었다.

바닷가에서 태어나서 이후 가깝게 접하지 않았던 여름은 없었는데, 나는 바다에 반지를 던진 이후부터 고아가 된 기분이었다.

그날 이후 내게는 바닷물이 차갑게만 느껴졌다. 헤엄치는 일도 없어지고 말았다. 지글대는 태양이 견딜 수 없을 때면 석양이 질 무렵 바다에 손과 발을 가만히 담가 보는 정도로 지내왔다. 그럴 때마다 아직도 남아 있는 물 속의 따뜻함이 발끝으로 느껴졌다. 그러면서 눈을 감고 있으면 용서하기 어려운 배신이랑 거짓이랑 슬픔이랑 불안이 이상하게도 없어지는 느낌이 드는 것이었다.

답답하면 함덕 바닷가엘 갔다. 간혹 배신감 때문에 반지와 함께 던져 버린 추억을 되새겨 보기도 하면서.

지난 여름, 함덕 바닷가에는 밤인데도 체온보다 뜨거운 바람이 불어왔다. 더위가 극성을 부렸지만 피곤을 모르는 젊은 남녀들이 바닷가에서 기타를 치고 춤을 추며 놀고 있었다. 젊은 남녀들이 물고기들같이 바다에 뛰어 들어가 헤엄을 치고 나오고 다시 들어가고 하는 모습이 정말 아름다웠다. 나도 젊었다면 남자 친구들의 기타 소리를 들으면서 물 속에 들어가 멋있게 헤엄을 치고 나올 텐데. 그런 생각을 하면서 문득 하늘을 올려다보았다. 함덕 바닷가의 밤하늘을. 까만 비로드에 수많은 핀을 꽂아 놓은 것처럼 헤아릴 수 없을 만큼의 별들이 밤하늘에 강을 만들고 있었다. 빠져 들어가듯이 그런 밤하늘을 보며 나는 해변을 걸었다. 문득 나는 그 밤의 바다에 몸을 적시고 싶어졌다. 그것은 정말 욕망이었다.

다행스럽게도 달도 없었다. 해변 끝에는 사람도 없었다. 나는 입고 있던 옷 그대로 샌들을 벗어 던지고 바다 속으로 들어갔다. 바다 속에 허리를 담그고 가만히 앉았다.

그때였다. 문득 달이 구름 사이로 얼굴을 내밀었다. 그러고 보니 마치 반짝이는 야광충의 바다였다. 언젠가 보았던 야광충보다도 커다랗게 빛나는 야광충이었다. 순간 나는 바다에 안겨 있다는 실감에 기뻤다. 아니 행복하기도 하고 외롭기도 했다. 그 아름다움에 울고 싶어졌다. 아름다운 광경을 함께 나눠 볼 사람이 없다는 것이 너무도 아쉬웠다.

그런데 난 혼자가 아니었다. 한 남자가 다가와 있었던 것이다. 난 내 생각에만 정신이 팔려서 그 남자가 언제 다가왔는지도 몰랐다.

그 남자도 옷을 입은 채였다. 나이나 용모나 교양 등을 달빛만으로는 알 수가 없었다. 나는 은근히 겁이 났다. 분명히 제주 사람이 아닌 것만은 확실했다.

'이렇게 많은 아름다운 보석을 본 일이 없어요' 하고 말한다기보다는 중얼거리듯 내가 말했다. 그러자 그 남자가 조금 생각한 뒤 대답했다.

"좋으시다면 당신에게 드리지요. 전부. 저의 선물입니다."

나는 웃으면서 고맙다고 했다.

나는 여태껏 남자한테서 보석을 받아 본 적이 없었다. 그런데 세계의 어떤 여자보다도 많은 보석을 그 밤 낯선 남자한테서 받았다. 그 얘기를 하려고 했는데 남자는 이미 저만큼 헤엄쳐 가 버렸다.

나는 26년 전 연인의 변심으로 반지를 버렸던 상처를 비로소 아름다운 기억으로 간직할 수 있는 여유가 생겼다. 그 밤, 함덕 바닷가에서.

향수(香水)에 대한 이야기

나는 냄새가 없는 남자는 별로 좋아하지 않는
다. 냄새라는 것은 뉘앙스를 의미한다.

'밤에는 어떤 것을 입습니까'라는 기자의 질문에 마릴린
몬로가 '샤넬 넘버 화이브'라고 대답한 기사를 본 일이 있
다. 그 후 죽었다 깨어나도 몬로 근처에는 갈 수 없지만 나
도 무작정 샤넬 5번을 사용했다.

그런데 누구 한 사람도 '밤에는 무엇을 입습니까' 하고 내
게 질문해 오는 사람이 없어서 제풀에 그만뒀다.

다음에 쓴 것이 샤넬 19번이었다.

실연당한 어느 날 비가 내렸다. 우울한 마음에 백화점 향
수 코너엘 갔다. 테스트로 손목 끝에 뿌린 샤넬 19번의 향기
가 대단히 매력적이었다. 비의 냄새와 합쳐져서 독특했다.
안개비 냄새 같다고나 할까, 슬프다고나 할까. 마치 나의 실
연을 위로해 주는 듯 부드럽고 섹시한 향이었다. 새로운 연
인이 생길 때까지 그것을 애용했다.

다음에 사용한 것은 디올의 쁘와죵이었다. 남국의 향기 같은 꽤 매혹적인 향이었다. 중독성이 있어 지나치게 뿌리게 되는 것이 난점이긴 했다.

예전에 남자 친구한테 향수를 선물로 받은 적이 있다. 로샤스의 비쟌스라는 향이었다.

그 냄새를 맡았을 때 내 기억 속에 선명하게 떠오르는 다른 냄새가 하나 있었다. 베이브라는 이름의 향수였다. 글자 그대로 달콤하고 요염한 뉘앙스의 향기였다. 비쟌스보다 훨씬 싸구려 향기였지만 그 사랑에는 그런 향기가 잘 어울렸다. 물론 추억은 훨씬 고가였지만.

정신 상태가 안정되어 있을 때는 쓰는 향수도 안정이 되지만 그렇지 않을 때는 이것저것 혼란스럽게 사용하게 된다.

나에게는 향수에 대한 이상한 징크스가 있다.

사귀는 남자가 문득 "무슨 향수야? 향이 좋은데" 하고 말을 하면 그 사랑이 꼭 깨지고 만다. 아무 소리 없이 지내다가 문득 처음으로 그 냄새를 맡은 것처럼 새삼스러워하면 언제나처럼 이별이 온다. 어느 남자도 헤어질 쯤 되면 그런 얘기를 한다. 이미 나라는 여자에 대한 발견이나 놀라움이 없어지면 냄새만이 남게 되는지, 아니면 다가올 이별을 본능적으로 예감한 내가 무의식적으로 여느 때보다 향수를 많이 뿌리는지는 모르겠지만.

나는 외출을 할 때 화장을 하고 옷을 입고 나면 마지막으로 액세서리 대신 향수를 뿌린다. 액세서리를 싫어해서 무엇인가 한 구석 빠진 부분을 향수로 메운다.

내가 향수를 좋아해서인지 남자한테서도 향수 냄새가 나는 것을 좋아한다. 물론 내 취향에 맞는 향일 때 그렇다는 얘기다.

나는 향수의 냄새도 좋아하지만 실은 남자의 땀 냄새를 더 좋아한다. 목욕하지 않은 더러운 체취는 싫지만, 운동하고 난 뒤의 땀 냄새는 좋다. 어딘지 믿음직스럽다고나 할까, 안심감이라고 할까. 그것이 담배 냄새와 향수 냄새가 섞여서 나는 독특한 냄새면 더 좋다.

며칠 전에 내가 마음에 두는 남자와 함께 저녁 약속을 했다. 물론 요즘 내가 애용하는 후레지아를 뿌리고 나갔다. 달착지근하지 않고 산뜻한 향이라서 즐겨 쓴다. 둘이서 저녁 식사를 하고 바에서 브랜디를 마시고 헤어질 때까지 '무슨 향수야? 향이 좋은데'라는 얘기를 그는 하지 않았다.

나의 과거의 예로 봐서 그와는 아직 불길한 예감은 없다.

그에게서는 크리스챤 디올의 오소바쥬의 향기가 났다.

나는 시인이 아니기 때문에 그것이 어떤 냄새인가를 표현할 수가 없다. 물론 그도 내게 설명을 해 주지 않는다. 그러나 그 냄새는 그와 아주 닮았다는 생각이 들었다.

나는 냄새가 없는 남자를 별로 좋아하지 않는다. 그것은 글자 그대로 냄새라기보다는 뉘앙스라는 의미다.

남자에게

주제 파악을 잘 하는 남자는 여자에게 인기가
있고, 남자들한테도 나름대로 무게를 잡을 뿐
아니라 어느 정도 술세도 한다.

남성에 대해서 이렇다 저렇다 하고 쓰는 여자라고 알려진
때문인지 가끔 '도대체 어떤 남성이 당신의 이상형입니까'
하는 질문을 받을 때가 있다.

그런 질문을 받으면 대답이 곤란하다. 이제 와서는 사실
별 흥미가 없기 때문이다. 이 나이가 되고 보니 이상(理想)
의 남성에 대해서 말하는 나이브한 심성이 없어졌다. 별볼일
없는 남자는 별볼일 없는 대로, 멍청한 남자는 멍청한 대로,
신사는 신사 대로 모두 나름대로 재미가 있다.

그래도 구태여 말하라고 하면 역시 가련함을 갖고 있는 남
성이 아닐까 한다. 물론 가련한 남자가 아니라 가련함을 갖
고 있는 남자라는 얘기다.

예를 들어 여자가 싫어하는 줄도 모르고 한결같이 따라 다
니는 남자, 자기가 매력이 있는지 없는지는 생각해 보지도

않고 오직 호색 근성으로 여자를 쫓아다니는 남자, 자신의 용모는 생각지 않고 턱없이 아름다운 미녀만을 원하는 남자, 거꾸로 좋아하는 표현이라고 제멋대로 해석하는 남자 등등.

그런 남자를 보면 한결같음과 순진함, 열중, 전념 등 그런 이미지가 가련함으로 보이고 거기에 마음을 움직이게 된다.

그런 남자의 가련함을 느끼고 결혼한 여성을 나는 몇 명 알고 있다. 그러나 여자에게 그런 가련함을 느끼고 결혼했다는 남자를 나는 별로 본 일이 없다.

그도 그럴 것이 남자들은 불편해서, 또는 해야 하니까 하는 식으로 결혼하는 경우가 많다. 남자에게 접근해 오는 여자의 가련함을 느끼기 전에 안심함을 느끼기 때문이다. 자기가 얻었다는 점에서, 그리고 만일 이 여자는 안 되겠다 싶으면 남자는 달아나 버린다.

그것이 다르다. 여자는 이 사람은 안 되겠다 싶은 상대가 한결같이 쫓아오면 가련한 생각이 든다는 얘기다. 초등학교 운동회 때 꼴찌로 필사로 뛰는 남자애가 있다 치자. 이를 악물고 얼굴이 빨갛게 된 채 달리는 남자애를 보면 여자는 가슴에 뭔가 찡하게 느낌이 온다. 그러나 남자는 그런 모습을 보고 '잘했어. 수고했어'라고 웃으면서 한마디 하면 그뿐이다. 그것이 다르다는 얘기다.

나는 여자이기 때문에 남자가 느끼는 여자의 가련함을 모른다. 여자에게 가련함을 느끼고 있는지 없는지도.

그러나 남자가 여자에게 느끼는 가련함이라는 것은 여자를 약하게 보는 자다. 그 증거로 당당한 여자를 무섭게 생각하지 가련하다고는 느끼지 않기 때문이다. 남자는 단순하다.

남자의 가련함을 아는 여자는 어떤 면에서 손해 보는 인생이다. 가련함을 이해한 나머지 때로는 편한 여자, 편리한 여자가 되기 때문이다. 그래서 남자에게 보호받기는커녕 이용당하는 경우도 있다.

어떻게 된 것인지 나도 남자의 가련함을 아는 여자이다. 내 인생의 파란의 근본도 거기에 있는 것 같다.

세상에는 가련함이 없는 남자도 많다. 예를 들어 자기가 인기 있는 남자라는 것을 잘 알고, 여자에게 버림받았을 때도 흐트러지지 않고, 자신이 대단한 미남이 아니라는 것도 잘 알고 있는 남자. 한마디로 주제 파악을 잘하는 남자다.

그런 남자는 다른 사람의 눈에 자신이 어떻게 비치는가를 정확하게 알고 있을 뿐 아니라 농담이나 겉치레의 말을 결코 하지 않는다. 아무도 웃지 않는데 자기 혼자서 웃거나 하지 않는다. 자기 애인이나 아내가 곁에 있을 때는 동료 여자가 지나쳐도 눈을 돌리지 않는다.

그런 남자는 여자에게 인기가 있고 남자들한테도 나름대로 무게를 잡고 어느 정도 출세도 한다.

그러나 나는 그런 남자에게는 마음이 움직이질 않는다.

남자는 강해야 한다. 그것이 남자라고 생각한다. 내가 느

끼는 남자의 가련함이란 그런 신념과 안심 위에 성립되는 것
이다. 그런 신뢰가 없다면 남자의 가련함은 없고 가련한 남
자들만 있게 된다는 얘기다.

남자는 여자가 그런 것을 느끼고 있다는 것을 모르는 것
같다.

그런 가련함을 갖고 있는 남자가 내게 목숨을 걸 때, 나도
목숨을 걸고 싶다.

중년 남자에게

중년 남자의 가장 큰 매력은 한마디로 존재감
이다. 존재감이란 그 특유의 냄새랄까 분위기
다.

한국의 중년(마흔 이후부터라고 정하자) 남자들은 특히 여성
의 젊음에 약하다. 외국에서는 여성의 성숙도가 중요시되지
만 왠지 이 나라에서는 여성의 신선도(?)를 중요시하는 탓인
것 같다.

더 못마땅한 것은 중년 남자들이 중년 여자를 우습게 본다
는 사실이다.

자신들의 맹점은 선반 위에 올려놓고 이쪽을 '아주머니' 라
고 부른다. 그 뉘앙스가 싫다. 멸시와 조소가 섞인 느낌이
다. '중년 아주머니가 어쩌구……' 라고 하는 식으로 말하지
만 중년 아저씨도 따지고 보면 다를 게 없다.

우선 청바지가 어울리지 않는다. 일에는 열심이어서 일과
는 어울릴지 모르지만 꽃과도 어울리지 않는다. 너무 유감스
럽게 생각되는 점이 그것이다. 중년 남자치고 꽃을 들고 다
니는 사람은 본 적이 없다. 행여 어쩌다 봤다 하더라도 전혀

그 모습이 어울리지 않는다. 〈프리티우먼〉에서 중년 신사인 '리처드 기어'는 꽃을 들고 있는 모습이 그만이었지만.

또 있다.

어떻게 된 일인지 이 나라에서는 바 카운터에 앉아 고독한 표정으로 혼자서 술 마시는 남자를 볼 수가 없다. 외국 영화의 한 장면처럼. 그런 모습이 그림이 되는 남자가 없다는 것이다.

언제나 삼겹살이다, 장어구이다, 징기스칸 요리다, 개고기다 하며 왁자지껄 흥청거리며 술 마시는 모습뿐이다. 참으로 한심하다.

좀 멋있는 중년 남자의 모습을 한 번만이라도 보고 싶은 것이 나의 심정이고, 그럴 수 없는 것이 불만이다.

이왕 얘기가 나온 김에 욕심을 더 얘기하면 사랑하는 여자를 다른 남자와 함께 보낼 수 있는 거만함과 오기를 피울 수 있는 남자, 〈카사블랑카〉에서의 험프리 보가드 같은 남자는 죽었다 깨어나도 없다. 그런 남자를 기대하는 것은 꿈이다. 꿈은 대개가 이루어지지 않는다.

꿈이라도 좋으니 험프리 보가드처럼 버버리 코트라도 어울리는 중년 남자라도 있었으면 해 보지만, 없는 것은 없는 것이다.

그것은 모두 꿈이라고 치자. 그러나 아내의 고독을 모르는 중년 남자들은 또 얼마나 많은지. 남자는 일이라는 명분을 내세우고 아내의 고독을 뒤돌아보지 않는다. 델리커시가 결여된 중년 남자가 수두룩하다.

그런데 문제는 여기에 있다.

델리커시가 없고 꽃이 어울리지 않고 청바지도 이미 안 어울리고, 거기에 거만함과 오기도 없고, 전혀 한 폭의 그림이 되지 않는데도 불구하고 자기는 청춘이라고 떠든다. 중년이면서 자기는 스물여덟이라고 분발한다. 그것이 문제다. 마흔 이후를 청춘이라고 부를 순 없다. 사실 뻔뻔하다. 그러나 청춘이라는 것은 연령이 아니다. 자기에게 있어서 가장 좋은 시기가 청춘이라고 나는 생각한다. 사랑이든 일이든 지금이 청춘이라고 생각할 수 있는 최고의 시기. 아마 중년 남자들도 그렇게 생각해서 청춘이라고 하고 있는지도 모르겠다.

또 하나 그냥 넘어갈 수 없는 것이 있다.

중년 남자들 중에는 가끔 '젊은 여자'들이 자기를 너무 좋아한다고 떠들어대는 사람도 있다. 무엇 때문에 좋아하느냐고 내가 물었더니 중년이 갖는 안정감, 따뜻함, 중후함 때문이라고 사뭇 자랑스럽게 얘기한다.

중년의 안정감이라고 하는 것은 순수함 대신에 세간과 타협해 나가는 기술을 몸에 익힌 것에 지나지 않는다. 진정한 성숙함과는 다르다.

가끔 중년 남자가 좋다고 하는 젊은 여자들이 있기는 하다. 그러나 그것은 편하게 기댈 수 있을까 하는 계산에서일 뿐이다. 나이가 들어도 별볼일 없는 남자는 별볼일 없다. 젊어도 훌륭한 남자는 얼마든지 있다.

 기가 센 여자

인간의 질이 좋고 나쁨이란 사실 연령과는 전혀 상관이 없
다.

중후함이라는 것은 나이가 들었다고 해서 생기는 것은 아
니다. 그릇이다. 다시 말해서 그 인간의 질의 문제인 것이다.

중년 남자가 진짜 갖춰야 할 매력이라면 우선 힘이다.

타인에게 따뜻하게 할 수 있는 조건은 강함이다.

강하지 않으면 부드러울 수 없다. 그리고 순간적인 것이
아닌 지속할 수 있는 따뜻함이어야 한다.

중년 남자의 가장 큰 매력을 나는 존재감이라고 생각한다.
그것은 참으로 묘한 것이다.

존재감이란 폼이 좋은 것도 아니고, 눈에 띄는 것도 아니
고, 덩치가 큰 것도 아니다. 그 무엇인가다. 특유의 냄새랄
까 분위기다. 많은 말이 없어도 몸짓이나 표정, 움직임에 의
해 전해 오는 것, 웃는 동안에 전해 오는 것이다.

그런 존재감이 있는 중년 남자를 나는 아주 드물게 본 적
이 있다.

무엇보다도 멋있는 중년 남자는 종착역에 없다. 있어서는
안 된다. 인생이라는 여로에서 언제나 여행하는 입장이어야
한다. 현역으로 있어야 한다. 일에도 사랑에도 취미에도.

확실한 가치관이 있고 이상한 편견이 없을 때, 무엇이 부
끄럽고 무엇이 사람을 상처입히고 있는가를 알 때, 그런 중
년 남자의 매력이 우리들을 꼼짝 못하게 만드는 것이 아닌가
하고 나는 생각한다.

그날 이후

죽는 날까지 갚아야 할 부채를 안고 있는 작가
라는 직업이 과연 편한 직업이라고 할 수 있을
까.

가끔 곤란할 때가 있다. 무엇인가 하면 누가 내게 직업을
물어 올 때다. 다른 작가들은 그럴 때 어떻게 대답하는지 내
심 궁금하기도 하다. 나의 경우는 물론 질문해 오는 사람에
따라 다르다. 예를 들어 노벨문학상 정도를 타야 작가라고
생각하는 사람에게는 작가라고 대답하기가 그렇고, 작가란
세간의 쓰레기로 생각하는 사람에게는 작가라고 해 봤자 안
통하는 얘기기 때문이다.

말이 나왔으니까 말이지만 지금도 간혹 작가는 세간의 쓰
레기라고 생각하는 인간들이 있다는 데 놀랍다. 그들의 말을
빌리면 작가는 아직도 경제적으로 무능력하고, 낮부터 술을
마시고 밤엔 깨어 있고 한나절이 지나야 일어난다고. 나이도
들 만큼 들었는데 넥타이 한번 맨 모습을 본 일이 없다고 한
다. 인텔리를 빙자한 쓰레기라고 말하는 사람을 나는 실제로

 기가 센 여자

본 일이 있다. 더 겁나는 것은 작가란 직업은 참 편안한 직업이라는 것이다.

얼마 전 어떤 남자가 내게 무엇을 하는 사람이냐고 물어왔다. 대답을 안하는 것도 예의가 아니어서 잠시 생각하다가 글을 쓰는 사람이라고 했다. 그랬더니 서예 선생님이냐고 해서 아니라고 했다. 그제야 작가 선생이냐고 다시 물어봤다. 상대방의 교양이 은근히 의심스러워진 나는 선생님까지 붙일 필요가 뭐 있겠느냐고 했다.

교양이 의심스런 그 남자가 다시 한마디를 했다. 직업치고 작가처럼 편한 직업이 어디 있느냐고. 에어컨 틀어놓고 편안하게 집에 앉아서 슬슬 글이나 쓰고, 그야말로 신선놀음이 아니고 뭐냐고 하는 것이다.

그럴까. 사실 등단 이후 나는 별로 마음 편한 날이 없었다. 빚을 지고 말았기 때문이다. 빚을 진 상대는 그 누구도 아닌 나에게 글을 쓰게 해 준 행운의 여신에게다.

그날 이후부터 나는 빚독촉을 받고 그 빚을 갚느라고 매일 쩔쩔매는 신세가 되었다. 이번엔 이만큼밖에 잘 쓸 수가 없어서 미안하다고. 다음엔 더 잘 써 보겠노라고.

죽는 날까지 갚아야 할 부채를 안고 있는 이 작가라는 직업이 글쎄, 편안한 것일까. 혼자서 잠시 중얼거려 본다.

꿈도 야무지게

무슨 일이든 절실하게 바라면 반드시 실현된
다.

어떤 일이든 절실하게 바라면 반드시 실현된다는 것이 나
의 지론이다. 예를 들어 그날로부터 30여 년이 지난다 하더
라도.

이번 여름엔 애틀란타에 갔다. 여고 시절 ≪바람과 함께
사라지다≫를 읽고, 언젠가는 그 소설의 무대인 애틀란타에
가 보리라는 꿈을 품었었다. 이유는 스칼렛을 사랑했고 그녀
에게 정신없이 빠졌기 때문이다.

가 보고 싶다는 생각이 더 강해진 것은 6년 전 ≪바람과
함께 사라지다≫의 속편 ≪스칼렛≫이 출판되었을 때였다.

마가렛 미첼이 속편은 필요없다고 당시에 완강히 거부했
었다. 그러나 생각해 보면 속편 ≪스칼렛≫이 쓰인 것이 이
해가 된다.

레트 버틀러가 스칼렛 곁을 떠나 버린 뒤 '내일은 내일의

 기가 센 여자

태양이 뜬다'고 절규하던 스칼렛은 그 당시 스물여덟이었다. 스물여덟이던 스칼렛이 그 뒤 어떻게 되었는가는 우리 모두가 궁금했던 것이다.

애틀란타의 거리는 존재하지만 '타라'라는 농원은 존재하지 않는다. '타라'는 작가의 상상의 토지였다.

작가 마가렛 미첼의 무덤은 상상 외로 초라했다. 50여 년 전 ≪바람과 함께 사라지다≫가 세상에 나와 세계 각국에서 몇천만 부가 팔린 작가의 무덤으로는 푸대접인 것 같은 생각이 들어 가슴이 아팠다.

소설이라는 것은 근거 있는 거짓말이라고 한다. 오랜 세월 ≪바람과 함께 사라지다≫의 사실과 허구의 정도를 짚어 보고 싶었던 나의 이번 여행이었다.

요즈음 나는 화북에 살고 있다. 6년 전 우리의 고전 〈배비장전〉의 무대가 되었던 곳이라는 오직 그 로맨틱한 이유만으로 화북으로 이사를 왔다.

훗날 화북이 고전의 명소로 알려져 '애랑'의 사랑의 행적을 찾아 화북까지 오는 여행자가 있었으면 하는 야무진 꿈을 잠시 꾸어 보았다. 애틀란타에서 돌아오는 비행기 안에서.

매력적인 사람

예술적이고 재능 있는 사람들은 대부분 신경질
적이다. 신경질적이라는 것은 그만큼 멋이 있
다는 얘기다.

　사소한 자극에도 필요 이상으로 민감하게 반응하는 것을 신경질이라고 한다. 또 그런 사람을 신경질적인 사람이라고 한다. 그리고 그런 얘기를 듣는 쪽에서는 간혹 부끄럽게 생각하는 경우가 있다. 신경질을 성격적인 결함인 것처럼 상대가 꼬집어 얘기하기 때문이다.

　그러나 누구든 신경질이라든가 신경과민이라는 것을 그다지 부끄럽게 생각할 필요는 없다. 오히려 무감동하고 둔한 것보다는 신경질이 자랑스러운 것이라고 나는 생각한다.

　그들은 재능이 있고 예술적이다. 또 작가든 연설가든 그들은 신경질적이기 때문에 할 수 있는 것이다.

　둔감하고 감정이 없는 연주자이거나 신경질적이고 민감하고 풍부한 감정이 거의 없는 피아니스트나 바이올리니스트라면 청중에게 감동을 줄 수가 없다.

 기가 센 여자

그러나 거기에는 보상이라는 함정이 있다. 뚜렷한 개성이 있거나 정서적으로 과민반응을 보이거나, 무엇엔가 감동할 수 있는 그런 민감함에 대해서 지불해야 할 보상이다. 그것은 고독이라는 것이다. 그러한 고독이라는 것에 불을 지펴 꽃을 피워내야 하는 지고지순한 정열이 있어야 하는 것이다.

차이코프스키는 돌이킬 수 없는 한 여자와의 사랑을 잊을 수 없어 고독에 몸부림치다 교향곡 〈비창〉을 만들어냈다. 고독에 몸부림치는 시간이 없었던들 〈비창〉은 태어날 수 없었을지도 모른다.

극작가 유진 오닐은 너무도 괴로운 상태에서 희곡 〈밤으로의 긴 여로〉를 써냈다.

주변의 광풍에 매료당한 일도 없고 그저 그런 생활과 또는 매력 있는 인물과 만나도 아무런 것도 흡수할 수 없는 사람이라면 정말 매력이 없는 사람이다. 다른 사람의 마음을 사로잡을 수가 없다.

예술적이고 재능이 있는 사람들은 대부분 신경질적이다.

누구든 '넌 참 신경질적'이라고 하는 말을 들었을 때 부끄러워하거나 화를 내거나 속상하게 생각할 필요는 없다. 신경질적이기 때문에 차밍하고 사람을 끌어들일 수 있는 매력이 있는 것이다.

그렇지 않다면 눈도 반짝거리지 않고 당신이 갖고 있는 생각이나 분위기에 사람들은 반응을 보이지 않을 테니까. 신경

질적, 신경질, 신경과민이라는 것은 그만큼 멋이 있다는 것
이다. 그런 사람도 매력적이라는 얘기다.

오직 한 길의 힘

자신이 선택한 일, 정말 좋아하는 일에 전력
투구하는 것이야말로 참된 성공이다.

사람이 성공하는 데는 세 가지 조건이 있어야 한다고 한다. 누가 밀어 줘야 하고 운이 있어야 하고 힘이 있어야 한다는 것이다. 밀어 줘야 한다는 것은 사람에게 도움을 받는 것이고, 운이라는 것은 호운을 말하고 힘이라는 것은 실력이다. 다시 말해서 밀어 준다, 운이 좋다는 것은 타율적인 것이고 실력은 자율적인 것이다.

어쨌든 성공을 목표로 두는 사람이라면 세 가지 조건 중에 우선 자신의 실력을 닦아야 한다는 얘기다.

평범한 인간이 세간에서 말하는 것처럼 이것저것 다방면에 활약하는 것은 무리다. 한다면 좋아하는 일을 하나로 좁혀서 집중적으로 할 때 실력을 키울 수 있는 것이다.

돌방석 위에도 3년이라는 말이 있다. 4년 후부터는 나름대로의 싹이 튼다. 그러나 한 가지 일에 십 년 정도 정신없이 빠져들었을 때 비로소 하나의 형태가 보이는 것이다.

최근에는 직장을 가볍게 옮기는 젊은이를 많이 본다. 그런 사람은 직장을 옮길 때마다 오히려 자신을 더 좋지 않게 만들고 있다. 다시 말해서 무슨 일이든 주어진 환경 속에서 작은 일이라도 무엇인가를 찾아 자기 것으로 만드는 것, 자기가 아니면 그 일을 해낼 수 없을 만큼 힘을 키우는 것이 중요한 것이다. 자신에게 기대를 걸고 그것을 실행하고 표현해 나갈 때 비로소 주변으로부터 신뢰도 얻을 수 있다.

그 분야에서는 그 사람뿐이다라는 것이 곧 힘이다. 실력이다. 누구에게도 지지 않는 자신을 만들어 나가는 것이 필요하다.

젊었을 때는 즐기는 것, 이것이 아니면 저것 하는 식의 생활에 편함을 느낄지도 모른다. 그러나 중년이 되면 자신의 인생이 이것으로 좋은가 하고 생각해 볼 때가 반드시 있다.

역시 인간은 최후에는 일을 통해서 정신적인 만족을 얻고 싶은 동물이다. 자기가 정말 하고 싶은 일이 무엇인가를 알고 외길을 걸어갈 수 있다면 그것이 성공이라고 생각한다.

밀어 주고 운이 따라 줘서 세간에 명성을 날리는 성공보다는 자신이 선택한 일, 정말 좋아하는 일에 전력투구하는 것이 참된 성공이라고 생각한다. 오직 한 길을 걸을 수 있는 에너지야말로 성공의 척도이다. 왜냐하면 자율적인 힘, 실력을 키워 주기 때문이다.

당신이 안전주의를 선호한다면

안전이라는 것은 성장하지 않는 것. 다시 말해
서 성장하지 않는 것은 곧 죽은 것이다. 인생은
불확실한 부분이 있기 때문에 재미있는 것이다.

'안전주의'라는 말을 많이 한다.

사랑에도 돈에도 인생에도 안전하게, 안전주의로 나가려
는 사람이 많다. 그래서 사람들은 계획을 세운다. 계획을 세
우고 그대로 하면 어떤 것이든 영원히 안전이라는 보증이 있
는 것처럼 사람들은 생각한다.

안전이라는 것은 앞으로 무엇이 일어날 것인지를 알고 있
는 것이다. 그리고 흥분하지 않고 위험한 일에 무모한 도전
을 하지 않는 것이다. 그래서 안전이라는 것은 성장하지 않
는 것, 다시 말해서 성장하지 않는 것은 곧 죽은 것이다.

그러나 사람들은 모두 그것을 바란다.

우리들이 이 세상을 살아가는 이상, 그리고 이 구조가 변
하지 않는 한 안전을 손에 넣을 수는 없다. 그런데도 안전만
을 바라는 것은 초라한 삶의 방법이다. 안전이 물론 중요하

지만 감격과 성장을 뺏아 버리는 것도 사실이다.

안전한 사랑, 안전한 재산, 안전한 명예, 심지어 안전한 인생, 그런 것이 있을 수도 없지만 가령 있다고 하자. 오히려 판에 박힌 단조로움과 지루함으로 우리들을 몇 배로 좌절시킬 것이다.

인생은 불확실한 부분이 있기 때문에 재미있는 것이다.

사회의 교육은 호기심보다는 신중함을 선호한다. 모험보다는 안정을 장려하는 경향이 있다. 그리고 인생의 목표는 확실한 것에 두라고 하고, 돌다리도 두들기고 건너라고 한다.

대부분의 사람들은 미지에 대한 것과 위험을 동일시한다.

그러나 어떤 대가를 치르지 않고 안전하게 손에 넣을 수 있는 것은 하나도 없다.

노력 없이 이루어지는 사랑이 없고, 덕을 쌓지 않고 돌아오는 명예가 없다. 그리고 모험 없이 만들어지는 멋진 인생이란 더더욱 없다. 아무리 안전주의로 신중에 신중을 기해도 어떤 하루가 되는가는 그날이 와 봐야만 알 수 있는 것이다.

인생이란 어떤 보증도 없는 영역에 끝없이 도전해 가는 것이 아닌가 한다.

이 세상에 유일하게 안전한 것이 있다면 그것은 내면적인 안전일 것이다. 자신에게 일어날 수 있는 무엇이든 처리할 수 있다는 자신감, 그것만이 유일하게 영속하는 안전이다. 진정한 안전이다. 그 외에는 아무 것도 없다.

 기가 센 여자

잃어버린 시간의 의미

무료함이야말로 소중한 것이다. 인간이 무엇인가
를 생각하는 것은 무료할 때이다. 무료함은 일하
는 즐거움과 노는 즐거움을 알게 해 준다.

무료하다는 것도 어떻게 보면 두려운 것 중의 하나이다.

현대인의 특징 중의 하나는 그 무료함을 지나치게 두려워
하는 것이다.

빈 시간, 무료한 시간이 두려우니까 여기저기 기웃거린다.
별 용무가 없는데도 전화기를 붙들고 있거나 언제나 누구와
더불어 있어야 안심한다.

빽빽한 스케줄과 한 시간의 빈 틈도 없이 일하는 사람을
유능한 인간이라고 평가하는 경향도 있다.

그러나 생각해 보면 무료함이야말로 소중한 것이다. 인간
이 무엇인가를 생각하는 것은 무료할 때이다. 무료한 시간이
없다는 것은 무엇인가를 생각할 시간이 없다는 애기다.

요즘에는 아이들이건 어른들이건 책을 읽지 않는다고 한
다. 무료하지 않기 때문이다. 최고의 방편이라는 애기가 있
다.

아이들은 공부에 바쁘고, 어른들은 일에 바쁘다. 거기서 받는 스트레스는 노래방에 가서 푼다. 그래서 무료함을 느낄 시간이 없다.

지금 같은 경쟁시대에 무료함을 느낀다면 게으르다고 한다. 사치스럽다고 한다.

무료함을 느낄 여가가 있으면 일을 더 하든가 낮잠이나 자라고 한다.

최근에는 핸드폰과 삐삐가 아주 유행이다.

커피숍, 레스토랑은 물론이고 버스 속, 심지어는 공중화장실까지 벨이 울린다. 공중화장실에서 용무를 보면서 핸드폰으로 말하는 모습은 정말 놀랍다.

아무튼 핸드폰과 삐삐를 갖고 있는 이상 외롭지 않다. 무료함이란 없다.

현대는 정신없이 바쁘게 돌아가는 세상이고 정보전쟁의 시대라고도 한다. 거기에서 살아 남으려면 자나 깨나 스위치를 켜고 있어야 한다. 정말 그래야만 하는 것일까.

무료함조차도 느끼기 어려운 시대가 되었다. 그것이 아쉽다. 무료함을 느껴 보는 것은 일하는 즐거움과 노는 즐거움을 알게 해 주는 계기가 되기 때문이다.

유행어로 신경을 끄라는 얘기가 있다.

일주일에 한 번쯤 신경과 핸드폰과 삐삐의 모든 스위치를 끄고 마음껏 무료한 시간을 가져 보면 어떨까 하고 생각해

 기가 센 여자

본다.

　인생 80년의 시대이다.

　정년 후, 또는 인생의 황혼을 맞이했을 때 진짜 무료함과
대면했을 때 당황하지 않기 위해서라도.

칭찬의 마력

칭찬은 인생을 바꿔 놓을 수도 있고 불가능을
가능으로 만드는 힘이 있다.

사람의 마음을 움직일 수 있는 가장 유일한 것은 칭찬이라는 말이 있다. 돈도 훈계도 협박도 비난도 결코 사람의 마음을 움직일 수 없다는 얘기다.

사람을 칭찬하는 일이 왜 그렇게 좋고 훌륭한 것인가 하면, 사람을 칭찬하면 상대가 의욕을 느끼기 때문이다. 사람을 칭찬하면 그 사람의 숨겨진 재능이나 능력도 발견할 수가 있다. 그래서 성장하게 된다. 사람을 칭찬하면 상대의 마음을 즐겁게 해 주고 이쪽도 상대에게 사랑을 받는다. 다시 말해서 상대도 나를 좋아하게 된다는 얘기다.

단점이 없는 사람은 없다.

그러나 상대의 단점을 안다 하더라도 염두에 두지 말고 칭찬할 무엇인가를 보도록 하는 것이 중요하다. 비판하고 충고하기 전에 우선 칭찬할 자료를 찾는 것, 그것은 일에 성공하고 원만한 인간관계를 쌓고 인생을 즐겁게 살아가는 사람들의 공통점이다.

우리들은 자신의 장점을 칭찬받은 뒤라면 조금 귀에 거슬리는 얘기라도 비교적 잘 받아들일 수 있게 되어 있다.

사람은 누구에게든 타인과 다른 좋은 점을 가지고 있다. 그래서 사람의 마음을 잡을 수 있는 가장 큰 설득력은 상대를 인정해 주는 것, 그리고 칭찬하는 일이다.

성공자라고 불리우는 카네기는 자서전에서 '지금까지의 자신의 인생을 돌아보면 상대의 아주 작은 칭찬의 한마디가 자신의 인생을 바꿨다'고 고백하고 있다.

지금은 고인이 된 재클린은 칭찬의 명수(?)였다고 한다. 그녀는 자기가 만나는 어떤 사람도 좋은 점을 찾아내어 푸짐하게 칭찬을 했다고 한다. 그녀의 칭찬이 케네디를 대통령으로 만들었다고 할 정도로.

칭찬이라는 것은 받는 사람에게 자신감을 주고 존재감을 느끼게 한다. 삶의 의욕과 가치를 부여한다. 그리고 자기를 칭찬해 주는 사람을 우리들은 사랑하지 않을 수 없다.

칭찬은 죽은 나무에서 꽃피우기와 같은 마력을 가지고 있다. 칭찬은 불가능을 가능으로 만드는 힘이 있다.

있는 그대로의 자기

좋은 인간관계는 평가가 아니고 수용이다. 있는 그대로의 서로를 인정하고 받아들이는 것이다.

사람은 누구나 자기 자신을 인정받고 싶어한다. 그래서 때로는 상대에게 잘 보이려고 하고, 잘 봐 줬으면 해서 시간과 신경을 낭비한다.

좋은 인간관계는 서로 자기 평가를 높이려고 노력하는 점이 있는 것도 사실이다.

그러나 지나치게 자기 평가를 높이려고 신경을 쓰는 나머지 솔직함과 성실함을 희생해 버리는 경우가 허다하다.

어떻게 보면 잘 보이고 싶다는 바람은 작은 에고(ego)의 하나이다. 작은 자존심의 하나이다. 다시 말해서 자존심이 작으면 작을수록 잘 보이려는 데 신경을 쓰고 거기에 의존한다는 얘기다.

타인에게 인정받고 싶고 거부당하고 싶지 않다는 지나친 욕구, 타인의 눈을 빌려서 자기 평가를 얻고 싶다는 것은 자존심의 결여이다.

인간관계에서 평가라는 것은 결코 바랄 필요가 없는 종류의 것이다. 자기 자신을 믿을 수 없는 인간이야말로 타인의 평가에 의존한다. 자기 자신의 가치라는 것은 본질적인 내면의 문제이지 타인의 평가에 의한 것은 아니기 때문이다.

대인관계에서 언제나 좋은 사람으로 있으려고 하니까 피곤한 것이다. 다른 사람의 평가에 지나치게 신경을 쓰니까 괴로운 것이다. 누가 뭐라고 하든 상관하지 않는 것, 잘 봐주지 않아도 좋다는 각오가 있을 때 비로소 편안해지는 것이다. 아무리 잘 보이려고 분발해도 미움을 받는 사람은 미움을 받는다. 또 그냥 있어도 좋아할 사람은 좋아한다.

잘 보이려고 노력한다는 그 자체가 어쩌면 인간관계에서 가장 부자연스러운 것이 아닌가 하는 생각이 든다.

사람은 누구나 장단점을 가지고 있다. 이상하게도 단점은 쉽게 고쳐지지도 않는다. 구태여 고칠 필요도 없다. 오히려 단점을 고치기보다는 장점을 더 키워 나가는 것이 훨씬 바람직하다. 좋은 점을 키워 나가면 나쁜 점도 어느새 고쳐지게 되어 있다.

문제는 장점과 단점을 모두 포함해서 자기라는 사실이다.

있는 그대로의 자기 자신을 인정할 때 모든 것은 거기서부터 출발인 것이다.

좋은 인간관계는 평가가 아니다. 수용이다. 있는 그대로의 서로를 인정하고 받아들이는 것이다.

서점에서 연인과 함께

책이라는 것은 그것이 어떤 책이든 자신의 의
사를 갖고 선택해서 머리 속에서 완결해 가는
남모르는 일종의 게임이다.

길을 걷다 훌쩍 서점에 들어가서 몇 시간이고 책을 펼쳐
볼 수 있는 것은 행복한 일이다. 어떻게 보면 사치스럽기까
지 한 시간이다.

나도 전에는 그런 시간들이 꽤 있었다. 그런데 글을 쓰는
직업을 갖고 난 후로는 예전 같지 않다. 괜히 시간에 쫓기는
것 같아 필요한 책을 메모했다가 그것만을 사서 바로 나온
다. 말하자면 서점에서 보내는 행복하고 사치스런 시간이 줄
었다는 얘기다.

서점에 놓여 있는 헤아릴 수 없이 많은 책들 중에 한 권을
손에 집을 때, 그리고 최초의 몇 줄을 읽고 매력을 느낄 때
그 두근거림이 나는 좋다. 마치 아직 익숙지 않은 연인과 만
나는 그런 느낌이 든다.

또 그때 모든 것이 정해진다. 당장 돈을 내고 사서 읽고

 기가 센 여자

싶은 책인가, 그렇지 않은가를. 우연히 집어든 책과의 만남은 그만큼 스릴과 긴장감이 있다는 애기다.

내가 당장 소유하고 싶은 책은 우선 문체에 있다. 무엇을 쓸 것인가, 어떻게 쓸 것인가보다는 나는 문체에 흥미를 갖고 있기 때문이다. 스피드감이 있고 간결한 문체에.

M. 뒤라스의 ≪연인≫은 그런 점에서 내가 반한 책 중의 하나이다. 사서 온 그날 밤으로 전부 읽어 버렸다.

자전적 소설인가 고백적 소설인가를 분류할 때 그것은 작가가 나르시시즘을 버릴 수 있는가 어떤가의 문제에 귀결한다는 생각이 든다. 여자 소설가가 쓰는 소설은 아무래도 자전의 요소를 배제할 수는 없다. 그렇게 될 경우의 승산은 역시 문체에 있다고 본다.

책이라는 것은 그것이 어떤 책이든 본인이 자신의 의사를 갖고 선택해서 자기 머리 속에서 완결해 가는 남모르는 일종의 게임이다. 그 과정의 즐거움 때문에 우리는 책을 읽는 것이다.

책이라는 것은 지극히 델리키트하고 취급하는 데 주의를 필요로 한다. 왜냐하면 작가의 정신의 소산물이기 때문이다. 책을 읽기 시작하면 밤이 새는 줄도 모르고 그 세계에 빠지는 그런 에너지야말로 청춘이 아닌가 한다.

이 가을엔 나도 예전처럼 서점에서 몇 시간이고 책을 펼쳐볼 수 있는 행복하고 사치스러운 시간을 갖고 싶다. 사랑하는 연인과 함께.

매력의 꽃

우정이라는 이름의 꽃은 한번 잘 피워 놓으면
영원히 시들지 않는 힘이 있다.
그것이 우정이라는 꽃의 매력이다.

술자리에서 남자들이 '이 친구를 위해서는 죽을 수 있다'
라든가 '목숨을 바칠 수 있다'라고 하는 얘기를 가끔 듣는
다.

정말 목숨을 바칠 수 있는지 어떨는지는 달리 두고라도,
그런 얘기를 듣고 있으면 남자의 우정에 은근히 질투를 느끼
게 된다. 물론 술자리에서 하는 얘기니까 하는 식의 해석도
없지는 않지만.

연애에는 그것이 결혼에 도달하지 않는 한 미래는 없다.
시작이 있는 것처럼 끝이 있고 관계가 생기는 순간 파국을
내포하고 있다. 사랑은 그런 것이다.

그러나 우정은 다르다. 적어도 너를 위해 죽을 수 있다고
하는 남자의 우정은 다르다. 그런 우정에는 종국도 파국도
이별도 없기 때문에 부럽다는 얘기다.

어떤 의미에서 우정과 애정은 상당 부분 닮아 있다는 생각
이 든다. 우선 서로에게 반해야 한다는 점에서 그렇다. 또
기질적으로 같아야 한다는 것이다. 사람과 사람 사이에 그
기질이 같다는 것은 끌린다는 얘기다. 서로 끌려야만이 우정
이든 애정이든 그 관계가 만들어진다.

기질이라는 것이 와 닿지 않으면 식사를 하는 것도 술을
마시는 것도 대화를 나누는 것도 내키지 않는다. 의리상 한
두 번은 행동을 같이 할지는 모르지만.

우정에 있어서 서로의 기질이라는 것이 왜 그렇게 중요한
가 하면 어떤 말을 해도 용서하고 용서받을 수 있기 때문이
다. 그러나 까다롭게도 상대에 대한 예의를 기본으로 갖고
있어야만 성립되는 것이 또한 우정이라는 관계이다.

나는 여자 친구처럼 좋은 것은 없다고 생각한다. 우선 편
안하고 만나면 즐겁고 어울려 지내면 그 시간이 참으로 행복
하다.

그런데 여자 친구들은 너를 위해 죽을 수 있다는 얘기를
하지 않는다. 여자 친구들은 우정을 얘기할 때 목숨을 바치
겠다는 식의 얘기도 하지 않는다.

여자의 우정이 남자의 우정에 비해 더 정열적이고 과격한
면도 있다. 그러나 너무도 작은 일로 커다란 우정도 쉽게 부
서져 버리는 일면도 있다.

어쩌면 기질적인 그런 면을 서로 알고 있기 때문에 죽을

수 있다는 둥, 목숨을 건다는 둥 하는 식의 얘기를 하지 않는 현명함이 여자의 우정에는 있는지 모른다.

보통 여자의 우정은 오래 가지 않는다고 한다. 나 역시도 오래 지속되는 우정보다는 금세 깨져 버리는 우정이 많았다.

남자 친구와는 그런대로 오래 지속되는데 여자 친구와는 왜 그런가 하고 생각해 보았다.

남자와 친구로서 사귀는 데는 적당한 거리와 절도가 있기 때문이라고 생각한다. 상대의 생활에 필요 이상으로 파고 들어가지 않기 때문이다. 신경을 쓴다는 얘기다.

문제는 연인을 사귀는 것처럼 친구를 사귀면 된다.

우선 상대에게 반할 것, 절도와 적당한 거리를 가질 것, 우정이라는 이름의 꽃을 피우는 데는 그런 것이 필요하다.

우정이라는 이름의 꽃은 한번 잘 피워 놓으면 영원히 시들지 않는 힘이 있다. 그것이 우정이라는 것의 매력이다.

그녀가 있었던 가을

너무도 견디기 어려운 체험을 비켜 나가는 하
나의 방법은 그것을 정신적이든 육체적이든 잊
어버리는 것이다.

글을 쓰는 직업을 가진 뒤로 독서량이 극단적으로 줄어들
었다. 그러나 한때는 많은 밤을 새우며 중독처럼 책을 읽던
시절도 있었다.

그 시절, 독서와 연관된 잊을 수 없는 가을이 내게 있다.

내가 열아홉 되던 해 가을, 사강의 ≪슬픔이여 안녕≫을
읽었을 때 뒤통수를 세게 얻어맞은 것 같은 충격이 있었다.
읽으면서 문장마다 빨간 줄을 그었다. 너무 감탄한 나머지
나는 거의 나 자신을 잃을 정도였다. 읽고 난 뒤 최후에 남
은 것은 현기증과 나 자신에 대한 절망감이었다.

나와 별 차이 없는 세대에, 거기다 같은 여자로서 이미 이
렇게 완성된 문학적 세계를 갖고 있는 여자가 있다는 발견은
나의 기를 있는 대로 꺾어 놓았다.

열아홉이던 나는 그 당시 작가 지망의 꿈을 남몰래 품고

있었다. 물론 한 줄의 글도 쓰지 않고 있었고 또 금방 쓸 그런 계획도 없었다. 그저 막연하게 '언젠가는 나도'라는 식의 생각뿐이었다.

그런 나의 희망을 사강이 부숴 버렸다. 나는 분노는커녕 질투조차도 하지 않았다. 아니 할 수가 없었다. 그녀는 백이고 나는 아무 것도 아니었다. 그녀는 천지이고 신이었다.

그녀의 문체가 갖는 놀라울 만큼의 억제력에 나는 완전히 압도당해 호흡도 못할 정도였다.

사강이 이 세상에 나타나지 않았다면 나는 나의 10대의 마지막 가을에 글을 쓰기 시작했는지도 모른다. 적어도 쓸 작정으로 있다든가 언젠가는 써 보겠다는 예정이 있다든가, 작가가 되고 싶다든가 하면서 친구들에게 떠벌리고 다녔을지도 모른다.

사강이 나타난 때문에 나는 입을 다물어 버렸다.

나 같은 여자는 작가 지망이라는 말조차도 부끄러워서 죽어도 입 밖에 낼 수가 없었다. 그리고 사실 누구에게도 말하지 않았다. 그런 일은 깨끗이 잊어버리기로 했다.

너무도 견디기 어려운 체험을 비켜 나가는 하나의 방법은 그것을 정신적이든 육체적이든 잊어버리는 것이다. 억지로 그렇게 하지 않아도 자연히, 본능이 잊게 해 줬다. 그렇게 해서 내 청춘의 가장 아름답던 열아홉의 가을에 사강은 내게 군림했다.

 기가 센 여자

　나는 애정과 동경을 가지고 계속해서 발표되는 그녀의 작품을 걸신 들린 것처럼 읽어댔다.

　작품과 동시에 그녀의 근황이라든가 일상에서 일어나는 모든 것을 알고 싶어했다. 그녀의 스캔들, 자동차 사고, 고급 파티, 자살 미수, 방대한 인세와 별장, 결혼·이혼·실연, 새로운 애인에 관한 뉴스도 닥치는 대로 읽었다.

　그 결과 그녀는 거짓말을 쓰고 있지 않다는 것을 느꼈고 그것이 또한 매력의 상당 부분을 차지한다고 느꼈다.

　사강에게 압도당하고 그녀가 내게 군림한 뒤 27년이란 세월이 흘렀다. 지금 나는 겁없이 글을 쓰는 직업을 가졌지만 아직도 열아홉의 나의 가을을 기억한다. 절망감과 더불어 느꼈던 신선한 충격의 그 가을을.

거의 백치

나의 사고는 도대체 수학적인 응용이 듣질 않
는다. 거의 백치에 가깝다.

대학 다니던 시절 비가 오는 추운 날, 버스를 기다리는 것
은 괴로웠다. 우산을 써도 어깨가 젖고 발이 시려웠다.

버스가 시간을 맞춰 오는 경우는 거의 없고 버스정류소에
제대로 세우는 일도 드물었다. 저만큼 멀리 세우면 필사의
힘으로 달려가서 타야 했다. 추운데 비 맞고 기다린 보람도
없이 못 탈 때도 있었다. 무정하게 휭하고 떠나 버린 버스를
향해 저주도 하고, 서럽기도 했다.

배도 고프고 추워서 택시를 잡고 싶은데 돈이 없었다. 그
럴 때 내가 부잣집에 태어났으면, 아주 부자였으면 하는 생
각을 간혹 해 봤다.

그런 어느 날, '당신에게 있어서 돈이란 무엇입니까?' 라는
인터뷰에 프랑스와즈 사강은 '비오는 날에 버스가 올 때까지
기다리지 않아도 되는 것' 이라고 대답한 것을 어느 잡지에서

 기가 센 여자

봤다. 의미 있는 그 대답에 나도 그렇다고 깊게 공감했던 기억이 있다.

솔직히 지금도 나는 부자였으면 하는 생각을 안해 보는 것은 아니다. 훌륭한 저택에 고급별장에 보석에 모피에 하는 식으로.

그러나 잠시뿐이다. 금세 흐지부지하고 만다. 돈이 없으면 곤란한 것은 사실이지만 그 걱정도 금세 잊어버린다. 한마디로 내게는 금전에 대한 현실감이 없다.

노후대책이라고 해서 주위에서 준비를 하니까 나도 은근히 걱정이 돼서 보험이다 연금이다 하며 남들처럼 들었다. 그러나 내용에 관해서는 무지다.

대체 보험이라는 것이 어떤 역할을 하는 것인지도 아직 충분히 이해가 안 가는 사람이다.

노후대책을 위한 적금에 관해 설명을 들었다. 신상품인데 다른 어떤 것보다도 연이율이 몇 프로나 높다는 것이다. 장기적으로 할 경우는 단기간보다 몇 프로가 이익이고 중간 해약도 가능하나 그럴 경우 몇 프로가 손해이고…… 등등.

말뜻은 대강 알아듣는다 치지만 몇 프로 하며 숫자가 나오니까 골이 지끈거린다. 듣고 있는데 가슴이 답답하고 헛구역질이 날 지경이었다.

고교 시절 수학 시간은 공포의 시간이었다. 정말 괴롭고 싫은 시간이었다. 나의 두뇌는 전혀 수학적으로 되어 있지 않은 모양이다.

지금은 글을 쓰는 일을 하니까 수학적 두뇌를 갖고 있지 않아도 되는 직업이다.

나는 사백자 원고지를 쓰는데 이백자 원고지로 10장이라든가 열다섯 장이라든가 주문이 있을 때, 그것은 반으로 계산하면 되니까 그 정도는 나도 이해가 가능하다.

그런데 때때로 '삼천 자 정도로 부탁합니다' 하는 식의 의뢰가 있을 때는 허둥지둥하고 만다.

"뭐라구요? 삼천 자요?"

"네. 이백 자 원고지 열다섯 장입니다."

라고 대답한다. 그렇다면 처음부터 그렇게 말해 주면 좋을 걸 괜히 놀랐다는 생각으로 안도의 한숨이 나온다.

나는 내 책의 인세가 몇 프로이니까 얼마구나 하는 식의 계산도 못한다. 통장에 인세가 들어오고 여기저기서 원고료가 들어오지만 돈이 얼마 남아 있는지 하는 것도 모른다.

나의 사고는 도대체 수학적인 응용이 듣질 않는다. 거의 백치에 가깝다.

나 같은 여자는 누구에게도 폐를 끼치지 않으려면 혼자 살아가는 방법 외에는 없을 것 같다는 생각을 해 본다.

 기가 센 여자

진심이라는 것의 함정

진심으로 사귀는 관계는 사랑하는 인간관계이
다. 그러나 연애는 그 중에 들어가지 않는다.

　나는 진심으로밖에 사람과 사귄 일이 없으니까 다른 것은
모르겠다. 진심이 아니면 그 반대는 무엇이라고 하는지. 허
심인가 하는 생각도 해 본다.

　한번 거짓말을 하면 계속해서 거짓말을 해야 하니까 그런
관계는 신경을 피곤하게 만든다. 그래서 나는 철이 들어서부
터는 친구 관계도 진심을 말하며 지내 왔다고 생각한다. 친
구들도 마찬가지로 나에게 거짓으로 대하지는 않았을 것이
다. 아니 거짓으로 대하지 않는 친구만으로 좁혀 왔는지도
모른다.

　애매모호한 일이라든가 말끝을 흐린다든가 하는 그런 것
을 일체 용서하지 않는 것, 확실하게 상대에게 전하고 상대
로부터도 확실한 말을 기대하는 것은 어떤 의미에서 목숨을
건 승부와 비슷한 구석이 있다.

진심으로 목숨을 걸고 덤비니까 상대에게도 당연히 그것을 요구한다. 그렇게 되면 상대가 적당주의로는 안 된다는 얘기다.

아무래도 좋은 사람과 일일이 목숨을 건 승부를 겨룬다면 몸을 유지할 수가 없다. 그렇지 않아도 진심으로 사귄다는 것은 상처받는 부분이 많은 것인데.

그러나 진심이라고 해서 무엇이든 생각나는 대로 상대에게 부딪치는 것인가 하면 그런 것은 아니다.

거짓은 말하지 않지만 경우에 따라서는 진짜를 말하지 않는 것, 그 나름대로의 룰은 있다. 거짓말이 자신을 지키기 위한 것이 아니라 상대의 입장을 생각해서 하는 것이라면 그것은 용서받을 수 있다는 의미이다.

진심으로 사귀는 관계라는 것은 사랑하는 인간관계라고 생각한다. 그러나 연애는 그 중에 들어가지 않는다. 연애는 우정보다 더 거드름을 피우는 구석이 있기 때문이다. 잘못하면 심하게 상대에게 상처를 입히니까 제외다. 우정 또는 무한하게 사랑에 가까운 관계만이 참마음으로 사귈 수 있는 관계이다.

이 남자를 위해서 또는 여자를 위해서 죽어도 좋다라는 생각, 죽는다는 것을 물론 절대 자기에게 바라지야 않겠지만 만일 죽어 달라고 한다면 상대를 위해서 죽을 수 있는 것, 그런 것이 우정이다.

상대를 위해 죽을 수 있다는 것, 정말 죽을지 어떨지는 달리 하고라도. 어떻든 그렇게 생각할 수 있는가 어떤가가 문제이다.

말은 단순히 상대에게 내뱉는 것이 아니다. 진심이라는 것은 그 말이 상대방 속에 살아 있고 때로는 자기도 심하게 상처입는 경우도 있다.

어느 날 한 선배가 "너를 사랑하기 때문에 하는 말인데, 이번에 나온 책 너무 하지 않아"라고 내게 말했다.

그것이 본심이라는 것을 누구보다도 내가 제일 잘 알고 있다. 상처입는 것은 당연하다. 그리고 상대도 그 말을 한 순간 상처입는다.

물론 상처입힐 목적으로 말하고 있지 않다는 해석을 할 수도 있다.

그러나 본심을 말하면 이쪽도 상처를 입지만 그렇게 말한 자신도 상처입는 것을 알아야 한다. 그것이 진심만을 말한다는 것의 함정인 것이다.

친구는 나의 인생의 증인임과 동시에 나도 또한 그들 인생의 증인이다. 그런 인식이 이 세상을 살아가는 데 무엇보다도 중요한 것이 아닐까 하는 생각이 든다.

그렇다면 증인에 대해 편견과 독단 또는 질투를 갖는 것이 아니라 있는 그대로의 자기를 봐 주기를 바라는 것이 훨씬 바람직하다는 생각이 든다.

내가 나이고 싶어서

　인간에게는 누구든 타인에게 인정받고 싶다는 절실한 마음이 있다. 사랑받고 싶고 잘 보이고 싶고 재능을 인정받고 싶다는 마음이 있다.

　그래서 사람은 공부를 하고 재능을 키우는 노력을 하고 아름답게 꾸미기도 한다. 조금이라도 다른 사람들로부터 관심을 끌려고 한다.

　나 자신만 하더라도, 나라는 평범한 여자도 세간의 어디선가 숨을 쉬고 있다는 것을 알아줬으면 하는 조심스런 바람이 있었다. 아니 격렬한 갈망이었다.

　서른다섯이 지나면서부터 나는 세간의 모든 사람들로부터 버려지고 잊혀진 듯한 생각이 들었다.

　결혼해 있던 시절 적어도 남편의 관심만이라도 끌고 싶어서 머리도 손질하고 입는 옷에도 신경을 썼다. 그러나 남편

 기가 센 여자

은 나를 그저 그렇게 대강 놓여 있는 가구를 보는 것 이상의 관심과 흥미를 가지고 나를 보려 하지 않았다.

나는 세간에 인정받고 싶었지만 그 이전에 남편에게 나라는 여자를 어떻게 해서든 인정받고 싶었다. 아내로서뿐만이 아니라 인간으로서도 여자로서도 자랑스럽게 여겨 주길 바랐다.

스물일곱에 결혼해서 기생충과 같은 생활을 7년간 했다. 그것이 괴로웠다. 내게 수입이 없다는 상태는 나를 울적하게 했지만, 무엇보다도 미치는 것은 사회로부터 격리되고 버려지고 잊혀져 버리는 것 같은 느낌이었다.

불안과 불만으로 우울했던 매일, 그 영향으로 부부 사이도 최악이었다.

무엇을 하고 싶다, 하지 않으면 안된다 하고 절실하게 생각했지만 서른다섯의 애기 엄마가 할 수 있는 일은 별로 없었다. 자기가 진정으로 무엇을 하고 싶은가 하고 자문해 보는 날이 계속되었다.

나는 우선 강렬하게 내가 여기에 있다는 것을 바깥 세계를 향해 외치고 싶었다. 여기에 살고 있고 사람을 사랑하고 상처입고 고뇌하고 어찌할 바를 모르는 한 여자가 여기에 있다는 것을 알리고 싶었다. 알아줬으면 했다.

글을 쓰겠다고 생각한 것은 그리고 실제로 글을 쓰기 시작한 것은 한참 뒤였지만 그런 계기에서였다.

연극과에 들어가서 4년간 공부하고 그 동안 연극과 영화에 투자한 것도 많았다. 그러나 한번도 전공한 연극으로 돈을 벌어 본 일이 없었다.

7년의 결혼생활, 그리고 파란만장한 세월을 거쳐서 글을 쓰는 길에 들어섰지만 이제 가능하다면 죽을 때까지 오직 이 한 길만 걷고 싶다.

글은 아무리 좋은 글을 쓴다 해도 읽어 주는 독자가 없으면 무의미하다. 가치가 없다. 독자가 있어서 작가이지 아무도 읽어 주지 않는다면 쓴다는 것에 어떤 의미가 있을까 하는 생각을 해 본다.

내가 세간으로부터 인정받고 싶고 여기에 있노라고 외치고 싶어서 시작한 일이지만, 글을 쓴다는 직업은 그렇게 만만한 일이 아니다. 요즘 절실하게 느낀다.

그리운 추억

뒤가 켕기는 듯한, 두려운 것 같은 불안한 마음이 없이는 밤늦게까지 노는 것이 즐겁지가 않다.

　스물이었을 때 나는 노는 것에 정신이 팔려 하루도 빠짐없이 친구들과 어울려 다녔다. 매일 밤 늦게 들어오는 나를 아버지는 현관에서 기다리고 계셨다. 아버지는 엄격하고 때로는 슬픈 듯이, 어떤 때는 절망감으로 "늦게까지 돌아다니지 말라고 몇 번 얘기해야 알겠느냐?"고 하셨다.

　그럼에도 불구하고 나는 조금의 뉘우침도 없이 여전히 늦었다. 밤늦게까지 친구들과 어울려 다니는 일을 그만두지 않았다. 그러자 아버지도 포기하시지 않고 그런 나를 현관에서 기다리셨다. 그리고서는 심하게 야단을 치셨다.

　아버지한테 야단맞는 동안은 나는 어린 아이였다. 그리고 아버지의 아이라는 것이 매우 싫었다.

　나는 하루 빨리 어른이 되어 자유스러워지고 싶었다. 누군가가 내가 돌아오는 것을 기다리지 않고, 몇 시에 돌아오든 무엇을 하든 비난할 사람이 없는 날이 오기를 꿈과 같이 기다렸다.

그러나 그런 날은 좀처럼 오지 않았다. 스물하나여도 스물 둘이 되어도 아버지는 여전히 현관에서 내가 돌아오는 것을 기다리고 계셨다. 그리고 질리지도 않으시는지 일찍 들어오라고 되풀이하셨다.

스물여섯에 유학을 갔다. 나의 유학과 동시에 아버지는 해방되셨다. 잠을 안 주무시면서 나를 기다리는 일이 없어지셨다. 내가 몇 시에 돌아가든 무엇을 하든 아무 말씀도 안하셨다.

그것은 참 멋있는 일이었다. 대단한 해방감이었다. 기다리고 계실 아버지를 생각하고 불안하게 놀 필요가 없었다. 나는 마음껏 노는 것에 열중했다.

그런데 밤늦게 돌아다니는 것이 그렇게까지 익사이팅한 것도 재미있는 것도 아니라는 생각이 들었다.

뒤가 켕기는 듯한, 두려운 것 같은 불안한 마음이 없이는 밤늦게까지 노는 것은 즐겁지가 않았다.

아버지가 아무 말씀도 안하시니까 거꾸로 나 스스로가 규율에 맞추려고 했다. 주위의 눈을 의식한다든가 너무 늦게 돌아가면 아침이 괴로우니까 하는 식으로.

나의 유학생활은 일년 반으로 끝이 났다.

그러자 아버지는 다시 늦게까지 돌아오지 않는 나를 현관에서 기다리셨다.

내가 스물일곱에 결혼할 때까지 전보다 더 엄격하게 나의 귀가 시간을 관리하셨다.

나도 아버지도 서로 지쳤다.

나의 결혼과 함께 아버지는 다시 해방되셨다. 아버지한테 해방되어 나도 행복했다.

결혼 후 어느 날 밤, 모임이 있어 친구들하고 얘기하며 놀다가 늦게 집으로 돌아왔다. 현관을 열었는데 깜짝 놀랐다. 엄한 표정으로 남편이 서 있었다.

"도대체 지금이 몇 시라고 생각해?"

"열한 시요."

하고 불길한 예감으로 대답했다.

"결혼한 여자가 이 시간까지 돌아다녀?"

"친구 만난다고 했잖아요."

나는 왜 그렇게 화를 내는지 몰랐다.

"결혼한 여자는 이런 시간까지 돌아다니는 것이 아니야."

"……."

이것은 도대체 뭐냐 하고 소리지르고 싶었다. 그러면 여자는 도대체 언제 마음놓고 돌아다닐 수 있다는 얘기지? 그건 내 마음 속의 질문이었다.

아무리 설득하려고 눈물로 호소해 봤지만 남편의 귀에는 들리지 않는 모양이었다.

현관문이 잠겨 버리는 시간은 밤 열 시, 외출은 한 달에 한 번으로 정해졌다.

아버지가 계셨을 때는 귀가 시간을 잘 지키기만 하면 외출

은 매일 밤이라도 가능했는데, 야단맞으면서도 잘 돌아다녔
는데. 그런데 남편이라는 사람은 전혀 이해가 없었다.

그 아버지도 지금은 안 계시고 혼자가 된 나는 아무도 늦
게 들어온다고 야단쳐 주는 사람이 없다. 기다리는 사람도
없고 시간은 자유인데도 나는 언제나 열 시 전에 돌아온다.

지난 그 시절이 새삼 그립다.

남편이라는 이름의 적(敵)

남자는 아내의 출세를 솔직하게 기뻐하지 못한
다. 그리고 자기보다 재능 있는 여자를 용서하
지 않는다.

남자가 하는 일이 잘 되거나 출세하거나 재능을 인정받아
상을 타거나 하면, 그의 연인이나 아내는 자기 일처럼 기뻐
한다.

여자는 자기가 알고 있는 남자가 성공하거나 세간에서 인
정을 받아 그 자신이 행복해지는 것이 그녀에게 있어서도 기
쁨이요 행복이다.

그런데 남자는 좀 다른 것 같다. 남자는 자기의 연인이나
아내가 일로써 성공하거나 하면 절대 마음 편하게 있을 수
없는 것 같다. 맞벌이라도 아내의 월급이 적을 때는 전혀 문
제가 안 된다. 그러나 예를 들어 아내의 능력이 인정을 받아
회사의 차장이 됐다든가 해서 수입이 많게 되면 남자는 내심
떫어진다.

우선 아내의 출세를 솔직히 기뻐하질 못한다. 월수에 차이
가 생기는 것도 기분 나쁘다.

“뭔가 잘못된 것 아냐!”
라고 할 때는 그래도 좋다. 그런데,
“당신 같은 여자가 차장 자리에 앉았으니 그 회사의 장래
가 걱정이다.”
라고 빈정댄다. 그것이 문제다.
또 있다.
“회식이 있어서 좀 늦을지도 모르니까 미안하지만 당신대
로 챙겨서 저녁 드시고 계세요.”
라고 하면 예전에는,
“그래, 알았어.”
하던 남편이 이번엔 몹시 불쾌한 표정으로 노려본다. 뭘 좀
해 달라든가 아내가 친절하게 말을 걸어도 이전과 이후는 뭔
가 뉘앙스가 다르다. 만원이라도 아내 쪽이 수입이 많으면,
“해 주세요.”
하는 것도,
“해!”
하는 식으로 명령조로 남자의 귀에는 들리는 모양이다. 때에
따라서는,
“그런 건 원래 여자가 하는 것 아냐!”
하고 남편은 가차없이 꾸짖는다. 그러면 아내는 남편에게 더
이상 부탁을 안한다. 거기서 발생하는 말다툼과 충돌이 싫어
서 꿀꺽 참는다. 속상하고 싶지 않아서 무엇이든 자기대로
해 버린다. 집안 일이든 애들 교육이든. 그 편이 훨씬 빠르

고 스트레스도 덜 받으니까. 남편의 비뚤어진 근성을 그 이 상 자극하고 싶지 않아서이다.

집안에 손이 덜 간 구석이 있거나 아내가 실패를 하면,

"그것 보라니까."

하고 말한다. 아내의 실패를 기다렸다는 듯이 기쁜 것처럼 웃는다. 그것이 남편의 또 하나의 유아적 기질이다.

아내는 모든 것이 피곤하고 귀찮아서 때로는 한숨만 나온 다. 그러면 남편은,

"그렇게 힘들면 그 일 그만두면 될 것 아냐!"

라고 한다.

"그만두면 애들 과외비다 뭐다 어디서 충당해요!"

하고 소리를 지르려다 그만둔다.

그 말을 하면 사태가 더 험악해진다는 것을 이미 경험으로 알기 때문이다. 아내는 충돌을 피하려는 마음으로 한결같은 데 남편은 왠지 작은 일도 트집이다. 저녁 식사 후 세탁기라 도 돌리면 마구 소리를 지른다. 하루종일 피곤하게 일하고 돌아왔는데 시끄럽게 왜 야단이냐고. 거기서 아내가,

"나도 피곤해요. 그리고 지금 안하면 언제 할 시간이 있다 고 그래요."

하면 큰일이다.

"그러니까 일 그만두라고 하잖아! 집에 있으라고. 그러면 남편 출근 뒤에 세탁기 돌리면 되잖아!"

더 대들고 싶지만 아내는 다시 참는다. 남편도 남자로서

나름대로 괴롭겠지 하고 남편의 입장을 생각한다. 수입도 지위도 자기보다 위에 있는 아내를 가지면 자랑스러움보다 속상함이 많을 것이라고. 그리고 화를 참고 다리미질을 한다.

일하는 아내를 뒀을 때 남편으로서 아무런 득을 보지 않는 것은 아니다. 어떤 면에서는 전업 주부보다도 훨씬 신경을 쓴다. 남편을 배려하는 부분에서도. 거기에 덤으로 '당신 같은 여자'와 함께 됐기 때문에 더 넓은 평수의 아파트에 좋은 차에 해외여행도 갈 수 있는 것이다. 그러나 남편은 그 부분은 일체 삭제한다.

그러면 아내도 경제적인 것보다도 자기가 좋아서 하는 일이기 때문에 따지지 않는다.

그런데 문제가 또 있다. 어쩌다 모임이 있어서 예쁘게 차리고 나가려고 하면 꼭 시비를 건다.

"당신 혹시 남자 생긴 것 아냐."

라고. 믿을 수 없는 얘기지만 그렇다. 남자라는 동물은 거기까지 비겁할 수 있다.

이미 무슨 말을 해도 아내를 상처입힐 수 없다는 것을 알았을 때 남자는 그렇다. 그렇게 되면 무엇을 해도 남편을 달랠 수가 없다. 남자라는 동물은 자기보다 재능이 있는 여자를 용서하지 않는다. 그것은 사실이다. 남자와 사이좋게 공존해 나가려면 남자의 자존심을 잘 세워 줘야 한다. 여자가 아무리 능력이 있고 수입이 좋고 재능이 있어도 '당신 없이는 못 산다'라고 남자에게 말해 주고 그런 태도를 보여야 한다.

　남자란 정말 다루기 힘들고 골치 아픈 존재다. 남자는 가
정에선 절대적인 왕으로 있고 싶어함과 동시에 아이로도 있
고 싶은 것이다. 때로는 임금님처럼 모시고 때로는 아이처럼
달랠 수가 있으면 결혼은 반드시 성공일 것이다.

　실패는 남편을 적으로 만들어 버릴 때이다. 그처럼 어리석
은 일은 없으니까. 여자가 일을 한다는 것은 참 어렵다. 적
을 미워할 수 없는 것은 또 괴롭다. 남편이라는 이름의 적은
때로는 아내의 가장 사랑스런 이해자이기 때문이다.

술 이야기 · 2

가끔 술 이야기를 쓰니까 사람들은 나를 술꾼처럼 생각하지만 실은 그렇지 않다. 목이 말랐을 때 맥주 한 잔을 단숨에 마시면 벌써 취하는 느낌이 든다. 결론을 서둘러 말한다면 술을 좋아는 하지만 많이는 못 마신다는 얘기다.

외식을 할 때는 대부분 소주를 마시지만 소주도 한두 잔이면 이미 취하는 느낌이다. 다만 술 마시는 분위기를 좋아하니까 오며 가는 술잔을 사양없이 다 받아 마신다.

그래서 다음날 숙취로 고생하는 일이 한두 번이 아니다.

와인은 내가 가장 좋아하는 술이어서 집 냉장고에는 언제나 와인이 차갑게 채워져 있다. 와인은 일단 병을 따면 다음날까지 놔두는 것은 재미없는 얘기니까 무리를 해서라도 다 마신다. 물론 좋아서 마시는 것도 있지만 김빠지게 남기는 것이 아깝고 해서 마셔 버리는 것이다. 이상하게도 와인을 마시고는 숙취로 고생한 적이 한 번도 없다.

술이 받는 체질이고 술 마시는 분위기도 좋아해서 즐겨 마

 기가 센 여자

시지만 유일하게 자랑할 수 있는 것은 슬플 때는 술을 안 마
신다는 것이다.

약올라서 마시는 술, 실연해서 마시는 술은 싫다. 우선 맛
이 없기 때문이다. 맛이 없다는 생각이 들면 우선 몸이 술을
받아들이지 않는다. 술은 즐겁게 좋은 사람들과 마셔야 맛이
있는 것이다.

최근에는 예전 같지 않아 체력에 한계가 있는지 아무리 분
위기가 좋아도 오며 가며 권하는 술잔을 다 받아 마시지를
못한다. 이미 체력적인 뒷받침이 안 된다는 얘기다.

요즘에는 호텔 바에서 칵테일을 한두 잔 마시는 정도의 주
량으로 줄었다.

칵테일을 즐기는 법에 프로즌 스타일이라는 것이 있다. 이
것은 크랏슈드아이스와 재료를 한꺼번에 믹서에 넣고 빙과
상태로 만들어 버리는 방법이다.

프로즌 스타일의 왕이라면 문호 어네스트 헤밍웨이가 가
장 좋아했던 프로즌 닥키리가 있다.

그의 장편소설 ≪해류 속의 섬들≫에서 주인공 토머스가
하바나의 술집 프로리다에서 설탕을 뺀 프로즌 닥키리를 더
블로 몇 잔이고 마시는 장면은 너무도 유명하다.

헤밍웨이의 표현을 빌리면 ‘마실수록 눈가루를 휘날리며
스키를 타고 빙판을 달리는 기분’이라고 했다. 정말 멋있는
표현이다.

그렇다고는 하지만 그 소설의 주인공 토마스는 체력이 대

단한 것 같다. 앉은 자리에서 물론 천천히 마시고는 있지만 더블로 닥키리를 아침부터 열 잔씩이나 계속해서 마시는 것이.

닥키리의 재료는 럼을 기본으로 라임쥬스 또는 레몬쥬스에 설탕을 섞는 것이다.

닥키리라는 이름은 쿠바의 광산 이름에서 유래되었다고 한다.

쿠바는 세기 초 오랜 시간에 걸쳐 스페인의 통치하에 있었다. 독립하는 데는 미국의 힘도 빌렸다. 어떻든 거기에는 럼과 라임 그리고 설탕과 과일 같은 것이 많아 생긴 칵테일임에는 분명하다.

내가 가장 존경하는 헤밍웨이가 더없이 사랑했던 곳이라는 점에서 나도 쿠바에 관심이 있고 프로즌 닥키리에 관심이 있다.

두 사람에게 건배. 두 사람이 이제부터 저지른 모든 잘못에 건배.

해류 속의 섬들이란 작품 속의 유명한 대사이다.

그런 태깔스러운 대사는 말하지 않더라도 바 한 구석에서 때때로 한두 잔 마시는 프로즌 닥키리는 나를 더없이 행복하게 만든다.

 기가 센 여자

글을 쓴다는 것

글을 쓴다는 것은 상처를 억지로 터뜨리고 피
흘리게 하는 수라장, 바로 그것이다.

글은 역시 자기가 모르는 것은 쓸 수가 없다. 그것은 당연
한 얘기다. 자기가 아직 한 번도 본 일이 없거나 가 본 적이
없는 거리를 어떻게 쓸 수 있겠는가.

또 자기가 모르는 사람의 일이나 인생도 쓸 수가 없다.

내가 쓰고 싶은 것은 우선 나 자신의 일이다. 그런 다음에
내가 좋아서 깊게 매료당한 사람의 일이다. 정확하게 말하면
그 사람과 나의 연관에 대해서 쓰고 싶은 것이지 단순히 멀
리서 봐서 멋있다고 하는 것은 얘기가 되지 않는다.

닭이 먼저인가 달걀이 먼저인가 하는 식의 얘기가 될 것
같지만, 적어도 앞으로 내가 깊게 연관을 맺어 가는 인간이
있다고 한다면 남자이든 여자이든 그들 모두가 내 수필의 소
재이다.

나는 앞으로 사랑을 할지도 모르지만, 만일 한다고 한다면
상대와 나 자신을 소재로 할 수밖에 없다.

만일 글을 쓰는 일을 하지 않았다면, 내 나이에 타인에 대해서 어떤 영향력도 갖고 싶지 않다. 그것이 본심이다. 그런 감정의 짐을 지금에 와서 짊어지고 싶지 않다.

나는 주로 여자와 남자, 사랑의 본질에 대해 쓰고 있지만 사랑은 결코 감정만도 아니고 상대를 소유하는 것도 아니다. 자신을 주는 것도 상대에게서 뺏는 것도 아니라는 것이 지금에 와서 이해가 된다. 그것도 사랑이라는 것에 대해 써 가는 과정에서 알게 된 것이다.

사랑이라는 것은 그 투쟁을 위해 한번 또는 몇 번이고 악몽이 되는 것이다. 사랑은 성장하는 것이다.

그렇기 때문에 개인적으로 이제 이미 충분하다는 생각이 든다.

그렇지만 글을 쓰는 입장에서라면 나 자신의 경우 또 연애에 휘말리는 일이 있을지도 모른다.

나는 자신을 가깝게 관찰하면서 감정적이 되기도 하고 소유의 흉내를 내보기도 하고 눈물로 상대를 협박하기도 하면서 어린아이처럼 탐욕과 에고이즘을 발산할 것이다.

어느 날엔가 나는 내가 가장 사랑하는 사람에게 이렇게 말했다.

"내 앞에서 척하지 말아줘. 좋은 것만 보이고 폼을 잡지 말아달라고. 내게 당신의 약점을 보여주고 발작을 일으키고 때로는 울고 화를 내는 모습이 보고 싶다고. 당신의 비겁함, 약함, 연약함을 보고 싶다고. 폼 좋은 당신이 아니라 파탄한 당신, 상처나고 곪은 그곳을 보여달라고.”

　그런 나의 주문에 나의 사랑하는 사람은 대답했다.

　“그 모든 것을 쓰려고? 쓰고 싶다고? 그래 갖고 있는 것, 본 것을 다 쓰라고. 그것으로 좋은 것 아냐? 나를, 나에 대해서 쓰는 것은 좋지만 쓰고 난 뒤 빈껍데기인 나를 버리지나 말아줘.”

　나는 나의 교활함과 잔인함을 내보인 것 같은 기분에 절망했다.

　글을 쓰는 직업은 그런 것 같다. 자기에게 있어서 가장 소중한 사람들, 다시 말해서 남편, 아이들, 친구, 부모, 애인에게 달려들어 상처 주고 피흘리게 하는 잔인한 직업이라는 걸 알았다.

　글을 쓴다는 것은 상처를 억지로 터뜨리고 피흘리게 하는 수라장, 바로 그것이다.

이별이라는 것

이별은 어떤 의미에서 영원한 속박이라는 생각
이 든다.

좋은 영화에는 반드시라고 해도 과언이 아닐 만큼 멋있는
이별의 장면이 있다.

예를 들어 영화 〈카사블랑카〉가 그렇다. 〈카사블랑카〉의
이별 장면은 비행장이다. 험프리 보가드는 사랑하는 여자를
위해서 사랑하면서도 그녀와 그녀의 남편을 보낸다. 요즘 식
의 표현을 빌리자면 내숭이다. 그러나 그것이야말로 극단의
댄디이즘이고 나르시시즘이라는 생각이 든다.

그렇게 보내진 여자는 자기와 남편을 도와주고 달아나게
해 준 남자를 평생 잊을 수가 없는 것이다. 여자에 따라서는
그런 남자의 희생을 폼잡고 내숭 떨었다는 식으로 해석하고
금방 잊어버릴지도 모른다. 그러나 잉그릿드 버그만은 분명
남은 생애 자신을 떠나 보낸 남자의 눈을 잊지 못한 채 살아
갈 것이다.

영화에서 묘사된 시간뿐만이 아니라 그 후에도 그 후에도.

 기가 센 여자

영화뿐 아니라 소설에도 그렇지만 좋은 이별이라는 것은 거꾸로 영원의 연대이며 속박이라는 것을 내포하고 있다는 생각이 든다.

이별은 어떤 의미에서 속박과 같다. 주문의 힘으로 꼼짝 못하게 하는 등장인물들끼리 그렇다는 것이 아니라 작품과 관객 또는 독자의 관계에 있어서도 마찬가지다.

이상하게도 다른 장면은 모두 잊어버려도 이별의 장면만큼은 선명하게 남는다.

해피엔드는 볼 때는 행복감에 젖어들지만 길게 남지 않는다. 인상적인 이별의 장면이야말로 영원히 기억하게 하는 최고의 방법인지도 모른다.

이혼이라는 커다란 이별이라든가 친구를 잃어버린다든가, 부모와 사별, 작게는 금세 만나 악수를 하고 헤어지는 것까지 만남의 형태만큼 이별도 여러 가지의 형태가 있다.

두번 다시 만날 수 없다고 느끼는 상대와의 이별에 우리들은 과연 어느 만큼 희생할 수 있는가.

사회적인 지위가 있는 사람의 집엔 개가 죽어도 조문객이 줄을 선다. 그러나 정작 그 본인이 죽으면 줄의 반이 준다고 한다.

아무리 친하고 깊은 사이라 해도 다시 볼 수 없는 사별인 경우 사람들은 계산을 하게 된다.

만일 영원한 이별이라고 했을 때 정말로 많은 희생을 할 수 있다면 그것이야말로 애정의 증거라고 말할 수 있지 않을까. 육친의 경우에는 그것이 가능하지만 여자와 남자의 경우라든가 친구 사이에는 어려운 일이다.

그래서 〈카사블랑카〉의 이별 장면이 멋있다는 얘기다. 현실적으로는 불가능한 장면이니까. 험프리 보가드는 오기(?)의 미학을 완수했다.

그러나 우리들은 오기의 미학보다 에고가 우선한다. 자기를 위한 계산이 앞서는.

여자와 남자의 이별인 경우 수라장이 되어 서로 할퀴고 상처 주고 상처받는 것보다는 험프리 보가드처럼 차라리 내숭이라도 떨어줬으면 하는 것이 나의 바람이다. 사랑하기 때문에 보낸다는 식으로. 그것이 남자의 댄디이즘이다.

그러나 누가 뭐라고 해도, 아무리 생각해도 멋있는 이별은 영원한 속박이라는 생각이 든다, 나는.

잠 못 이루는 밤에

가장 슬픈 것은 그의 눈이었다. 그의 눈은 완전
히 죽어 버렸다. 잠 못 이루는 밤은 말 그대로
나에게 있어서는 천국과 지옥인 셈이다. 그러
나 그런 밤이 있는 한 나는 행복하다.

나에게는 불면증이라는 것이 없다. 잠자리에 드는 것이 몇
시이든 책을 한두 줄 읽으면 잠이 온다. 머리맡의 스탠드를
끄고 눈을 감으면 몇 초랄 것까지도 없이 금세 잠이 든다.

그것은 나의 집이든 여행중 호텔에서든 마찬가지다. 장소
가 바뀌든 시차가 있든 어디서든 잠들 수 있는 것을 남몰래
자랑스럽게 여기고 있었다.

그런데 어디서든 금세 잠드는 그런 내가 일년에 한 번 또
는 두 번 정도는 전혀 잠들지 못할 때가 있다. 이유도 없이.

책을 읽어 봐도 잠이 안 오고 술을 한두 잔 먹어 봐도 효
과가 없을 때는 괴롭다. 어떻게든 잠들어 보려고 하지만 그
럴수록 잠은 더 달아나 버린다. 전에는 달아나는 잠을 잡으
려고 안달이었는데 최근에는 달라졌다.

그런 밤은 각오하고 쓸데없는 저항은 하지 않기로 마음 먹
었다. 오히려 일년에 한두 번 있는 그런 밤에는 집중적으로

비디오를 본다. 하룻밤에 세 편 또는 네 편을. 그러면 날이 샌다. 이렇다 할 취미가 없는 나이지만 영화 보는 것이라고 하면 모든 것을 잊을 정도이다. 영화를 보기 시작하면 아무리 밀린 원고가 있어도 써야 한다는 생각이 아예 없어진다. 아니 깨끗이 잊어버린다. 다른 일은 그렇지가 않다. 놀면서도 마감날이 다 된 원고가 걱정이고 노래방엘 가도 내일은 무엇을 쓸까 하는 생각으로 즐겁지가 않다. 술을 마셔도 그렇고 친구와 떠들어대면서도 단행본 원고도 걱정이고 신문 연재도 걱정이 된다.

솔직히 본격적으로 글을 쓰기 시작한 사 년 동안은 영화를 볼 때 외에는 밀린 원고 때문에 걱정이 되어서 별로 즐겁지가 않았다. 단란주점에서 문을 닫는 시간까지 노래 부르며 놀다 와도 언제나 빚진 기분이었다.

그러나 영화는 다르다. 일단 보기 시작하면 마감이 지나 최종 마감의 원고가 있다 해도 책상 앞에 앉지 않는다. 원고를 쓰고 싶은 생각이 없어지니 이상하다.

원고를 기다리는 편집자의 얼굴도 내일 연재되는 것도 깨끗이 머리 속에서 지워진 채 오직 화면 속으로 빠져든다.

한 편의 영화가 끝나는 동안 나는 주인공이 되어 행복과 불행, 천국과 지옥을 수없이 들락거리며 인생의 맛을 한껏 누린다.

그러다 보면 날이 밝아 온다. 진한 커피 한 잔을 마시면서 몰래 다시 그런 밤이 있기를 기대해 본다.

실은 어젯밤에도 잠이 안 오는 그런 밤이었다. 말할 것도 없이 영화를 봤다. 빌려다 놓은 지 삼일이나 되어도 졸려서 못 보던 비디오였다. 거기서 두 남자를 만났다.

〈레드 옥토바를 쫓아라〉의 숀 코네리와 〈블레이즈〉의 폴 뉴먼이었다.

두 사람 모두 육십이 지났다. 세월이 흐른 뒤 그들의 만년의 작품이라고 불리워질 연령이다.

그런데 두 사람의 차이는 너무도 컸다.

숀 코네리는 나이가 들어서 더 매력적이고 섹시해진 몇 안 되는 배우 중의 한 사람이라는 생각이 들었다.

숀 코네리는 눈이 좋다. 장난기가 있고 그런가 하면 따뜻하게 감싸는 느낌이 있다. 그의 눈은 지금도 호기심으로 반짝거리고 육체도 나이가 들었다는 것을 느낄 수가 없다. 가슴과 팔, 다리 어디에도 근육이 배어 있고 자세도 흐트러지지 않았다. 그리고 몸짓은 기민하고 우아하다. 정말 매력 있게 나이가 들었다. 그런 숀 코네리를 보는 것이 기뻤다. 그런데 폴 뉴먼은 아니었다. 얼마 동안 스크린 속에서 못 봤던 탓도 있지만 놀라울 만큼 늙어 있었다. 등도 손도 다리도 노인 그 자체였다. 가장 슬픈 것은 그의 눈이었다. 그 반항적이던 눈빛도 장난기도 반짝거림도 완전히 없어졌다. 그의 눈은 완전히 죽어버렸다. 아무리 열연을 해도 표정 없는 눈이 전부를 부숴 버리고 있었다. 어쩌면 맡은 역이 그래서인가 하는 생각도 해 봤다. 아니면 그가 영화를 찍는 동안에 병중이었는지도 모른다는 생각도 해 봤다. 불치의 병인지도. 아무튼 예전의 폴 뉴먼의 향기가 없어졌다는 것이 슬펐다. 숀 코네리와 폴 뉴먼. 그 두 남자 때문에 밤을 꼬박 새운 나는 진한 커피향에 문득 정신이 들었다. 혹시 불치의 병이 있는 것이 아닌가 하고 명배우들을 걱정할 것이 아니라 실은 나야말로 영화 중독인 불치의 병인 것 같다.

수면 부족으로 눈밑이 움푹 들어가고 주름에 기미까지 생겨 가며 밤새워 영화를 보는 나라는 여자야말로 거의 중증인 것 같다. 영화 중독증.

잠 못 이루는 밤은 말 그대로 나에게 있어서는 천국과 지옥인 셈이다. 그러나 그런 밤이 있는 한 나는 행복하다.

 기가 센 여자

중년부터의 사랑

상대방의 맹점을 알고 장점도 알고 난 뒤부터
시작하는 것이 진짜 사랑이다.

남편은 나이가 들수록 가정적이 되고 아내는 반대로 가정에서 벗어나려고 한다는 얘기가 있다.

또 사십대를 반 정도 넘기면 예전처럼 아내는 남편의 흉도 안 보게 된다. 뻔한 일이기 때문이다. 이제 와서 불만을 품어 본들 달라지는 것이 없다는 것을 알고 있으니까.

바꿔 얘기하면 상대방에 대한 기대가 없다는 얘기다. 기대가 없으니 불만도 없다. 요새 흔히 얘기하는 열받을 일이 없다는 것이다. 슬프다면 슬픈 얘기지만.

중년기에 접어든 남편이 아내에게 갑자기 친절하게 대하자 아내가,

"당신 어디 아파요? 이 양반이 돌아가실려나?"

했다고 해서 한바탕 웃었다.

중년기인 나의 친구들이 모이면 남편 흉 대신 이제는 건강에 대한 걱정이다. 남편에 대한 기대에는 신경을 끈(?) 대신

건강해 줬으면 하는 것이 유일한 바람이라고 했다.

그러다가도 한 번씩 농담을 섞어 남편들을 들먹인다. 분리 수거 쓰레기 날에 맞춰서 내놓고 싶은 심정이라는 식으로.

한 친구는 최근에 남편이 어린애처럼 어디든지 따라가겠다고 졸라서 귀찮아 죽을 지경이라고 해서 다시 한바탕 웃었다.

아내가 외출하면 같이 따라가겠노라고 졸라대는 남편도 한때는 반대 입장이었다.

아내 쪽에서 보면 매일 늦게 돌아오는 남편, 대화 없는 남편, 아내가 아무리 예쁘게 꾸며도 아예 처다봐 주지도 않는 남편, 바람 피우는 남편, 그런 식으로 아내를 외롭게 만드는 남편들이었다.

그런데 이제 와서 아내 뒤만 졸졸 따라다니려고 하니 한심스럽다고 했다. 차라리 늦게 들어온다고 화를 낼 수 있었던 시절이 그립다고 했다.

한때 부부는 일심동체인가 아닌가, 식성이 같아야 되는가 그렇지 않은가, 가치관이 같아야 하는가 어떤가 하며 열을 올리던 시절도 지나고 남편 바람기 때문에 속상하던 시절도 지났다. 그런 과정에서 아내가 되고 어머니가 되면서 여자는 푸근함과 저력을 갖게 되는 것이다. 중년기에.

그러나 문제가 하나 있다.

결혼생활이라는 것은 아이가 태어나고 키우고 하면서 남편과 아내, 아버지와 어머니만이 존재한다. 남게 된다. 애초에 결혼한 여자와 남자는 없다. 가정이라는 곳은 여자와 남자의 부재(不在)의 장소다.

중년이야말로 가정에 여자와 남자를 있게 해야 하는 시기가 아닌가 하고 생각한다.

인생 80년의 시대이다.

그러나 중년기란 그렇게 많은 시간이 아니다. 지금까지를 정리하고 앞으로의 설계를 해야 한다.

앞으로 어떻게 남은 시간을 보낼 것인가, 보람 있고 고독하지 않은 노후를 보내려면 어떻게 해야 할 것인가를 생각해야 한다.

물론 그것은 자신뿐만이 아니라 남편과의 관계도 마찬가지다.

중년기에는 좋은 아내보다는 좋은 인간, 재미있는 인간이 되려는 노력이 필요한 시기이다.

아내들은 어떤 면에서 정신적으로 철저하게 고독해 보는 것도 좋다고 나는 생각한다.

아이들을 다 키우고 난 다음의 해방감과 일종의 자유, 거기에서 생기는 고독 속에서 다시 한번 자기 자신을 돌아볼 수 있기 때문이다. 고독이야말로 우리를 풍부하게 만드는 커다란 요소가 아닌가 한다. 인간은 고독 속에서 자신의 모습이 보이는 것이다. 타인과의 연관의 중요함도 알 수 있는 것이고.

중년 부부는 어떤 면에서 서로 외롭다. 아내는 아내대로, 남편은 남편대로.

결혼 이후에 생기는 많은 문제들, 외로웠던 시간, 단절된 대화, 그러나 그런 것을 넘어선 뒤의 아내와 남편은 보다 성숙한 인간 대 인간으로서의 관계가 가능하다.

아이들이 성장해서 부모 곁을 떠난 뒤에 남겨진 중년의 부부. 몇 번인가의 위기를 넘기면서 때로는 상처입고 입히면서, 상대를 사랑하고 증오하면서 기대하고 허물어지면서, 그러면서도 같이 있는 것이 부부라는 것이다.

상대방의 맹점을 알고 장점도 알고 난 뒤부터 시작하는 것이 진짜 사랑이다. 중년 부부의 사랑은 거기서부터 출발이라고 나는 생각한다.

때로는 문주란의 노래처럼 '남자는 여자를 정말로 귀찮게 하네'라고 하면서, 때로는 남편을 특별 분리 쓰레기로 내놓아 버리고 싶다고 하면서. 중년에 접어든 아내는 중년에 접어든 남편의 건강을 걱정한다. 남편에 대한 신경은 껐다고 말은 그렇게 하면서도.

그것이 사랑이다.

그러나 중년에 부부라는 이름의 여자와 남자가 다시 한번 가정에 존재함으로써 진짜 사랑이 시작되는 것이다. 안정감과 익숙함 위에 약간의 두근거림을 갖기를 원하면서.

그런 의미에서 인생도 사랑도 부부도 중년부터라고 생각한다, 나는.

사일 간의 사랑
－영화 매디슨 카운티의 다리－

그녀가 옆에 있어 주는 행복보다도 더 강하게
그가 원했던 것은 송두리째 사랑하는 일이었다.
영원히. 괴롭지만 여자가 한 선택을 받아들이는
것이 그의 유일한 사랑의 형태였다.

아내도 없고 친구도 만들지 않고 어떤 단체에도 소속되지 않은 남자, 완전하게 고독한 남자, 자기가 살고 있는 사회에 적응을 못하고 생활의 대부분을 여행 중에서 보내는 남자, 어느 곳을 가도 어떤 사람을 만나도 내면의 고독을 채울 수가 없었던 남자 킨케이드(크린트 이스트우드). 그가 아이오와 주 매디슨 카운티에 지붕이 있는 다리를 찍기 위해서 온다.

거기에서 프란체스카(메릴 스트리프)와 만난다. 그녀는 결혼 십오 년째인 단조로운 일상을 보내는 주부였다.

서둘러 결론부터 말하면 영화 〈매디슨 카운티의 다리〉는 불륜의 얘기다. 사일 동안에 프란체스카와 킨케이드가 사랑을 한다.

킨케이드가 남편도 있고 아이들도 있는 프란체스카에게 끌리는 이유는 같은 종류의 고독을 품고 있다는 점에서였다. 두 사람의 사랑은 거기서부터 출발이었다. 그리고 킨케이드는 태어나서 처음 자신의 안식처는 프란체스카와 둘만이 있는 이 세상에서 가장 작은 집단 속에서라는 것을 안다.

가정이 있는 여자가 남편과 아이들이 집을 비운 사일 동안에 사랑에 빠진 이야기가 왜 이처럼 평판을 부르고 있는가에 대해서 내 나름대로 생각해 봤다.

그것은 스토리성이나 극적 상황이 주는 드라마틱함이 아니라 남자와 여자의 인간적인 성실함에 초점을 맞추었기 때문이 아닌가 한다. 또한 단순한 스토리를 거기까지 드라마틱하게 만들어 놓았다는 점이라고 생각한다.

문제는 이 영화에서 성숙한 인간, 다시 말해서 성숙한 여성, 성숙한 남성의 모습을 볼 수 있었다는 것이 이 영화에 대한 나의 개인적 호감도라고 말하고 싶다.

사일 간의 사랑을 하고 두 사람은 서로의 생을 마칠 때까지 두번 다시 만나지 않는다. 그렇다고 잊어버리거나 잊혀지는 사랑이 아니었다.

프란체스카는 남편과 아이들에 대한 책임을 지고 사랑했던 사일 간을 믿는다. 그리고 평생을 살아간다. 만나지 못하는 시간 속에서도 사랑을 더 깊게 키워 나간다. 그럴 수 있는 여성이었다.

결국 그녀의 선택은 자기가 원하는 것은 무엇이든 손에 넣는 현대 서구의 젊은 여성들과는 대조적인 삶의 모습을 보여준다. 책임이라는 것을 아는 성숙한 여인으로.

킨케이드는 떠나기 전날 프란체스카에게 자기와 함께 떠

 기가 센 여자

나 줄 것을 원한다. 그러나 그녀는 거절한다. 여자가 한 선택을 존경하고 받아들임으로써 52세에 처음으로 손에 넣을 수 있었던 안식처를 포기하는 킨케이드.

그가 만일 더 강하게 프란체스카를 끌어당기면 그녀는 저항하지 않았을지도 모른다. 또 그녀도 그렇게 고백한다.

그러나 그녀가 옆에 있어 주는 행복보다도 더 강하게 그가 원했던 것은 송두리째 사랑하는 일이었다. 영원히. 괴롭지만 여자가 한 선택을 받아들이는 것이 그의 유일한 사랑의 형태였다.

크린트 이스트우드가 해낸 킨케이드의 역할은 많은 남자들이 잃어버린 자유와 존재감을 보여주지 않았나 하는 생각이 든다.

자기 자신을 확실하게 갖고 있는 남자, 독립심이 있고 성실하고 고결한 남자, 그리고 야생의 바람 냄새처럼 인간미를 느끼게 하는 남자, 킨케이드.

〈매디슨 카운티의 다리〉는 크린트 이스트우드가 처음으로 손을 댄 순수하게 연애만을 다룬 작품이다.

그리고 이 영화는 여자가 괴로워하고 결의하고 선택한 러브스토리였다는 점에서 여성들의 뜨거운 박수를 받고 있는 것이다. 오히려 남성들일지도 모르겠다.

왜냐하면 진짜 남자의 모습을 킨케이드를 통해 볼 수 있었으니까. 고독하지만, 너무 괴롭지만 여자가 한 선택을 받아들이는 남자, 그런 것이 사랑이라는 것을 알고 있는 남자였기 때문에.

텁텁하고 진절머리 나기 쉬운 불륜의 사랑의 얘기를 이처럼 아름답게 그릴 수 있었던 것은 성숙함이었다고 생각한다. 작가도 감독도 주연 배우들도.

때문에 영화 〈매디슨 카운티의 다리〉는 전면에 깔리는 재즈 음악과 더불어 완성도 높은 성숙한 러브스토리였다고 나는 생각한다.

매력적인 여성

매력적인 여성은 상대의 남자에게 많은 것을
바라지 않는다. 또한 연애에 자신의 전 존재를
걸지도 않는다.

순수한 연애에 술책 같은 것은 필요없다고 젊은 사람들은 생각할지도 모른다. 그러나 순수한 연애라는 것은 반 년 정도로 끝나고 만다. 결혼도 그렇다. 가슴이 두근거리는 것은 최초 3개월 정도이다.

연애를 조금이라도 길게 지속하기 위해서는, 또 결혼을 지루하지 않고 질리지 않는 공동생활의 장소로 하기 위해서는 술책이 필요하다.

그것은 최후까지 마음 속을 전부 보이지 않는 것이다. 자기의 구석구석을 상대에게 전부 보였다면 3개월로 싫증이 난다. 가슴속도 그렇다. 남자와 여자의 관계가, 연애라는 것이 그만큼 불모라는 얘기다.

만일 20년을 같이 있는데도 너라는 존재를 알 수 없다고 장래의 남편이 말을 할 수 있게 한다면 당신은 분명히 매력적인 아내일 것이다.

그러기 위해서는 끊임없이 무엇인가를 흡수하지 않으면 안된다. 받아들이고 흡수하면서 자신을 높여 가야 한다.

별로 하는 일 없이 하루 세 끼를 꼬박 먹고 낮잠을 자고 찜질방에나 다녀서는 아주 매력적인 시간을 맞이할 수가 없다. 여자로서의 한창인 때를.

당신이 매력적으로 될수록 상대도 매력적인 남자가 되어 가는 것이다. 남자와 여자는 서로 자극하고 자극을 받으면서 성장해 가는 것이니까.

애인을 갖고 싶다면 그냥 기다리지 말고 자기가 먼저 적극적으로 나서야 한다. 그리고 애인이 생겼다고 안심해서도 안된다. 한층 더 노력하는 자세가 필요하다.

아주 많은 젊은 여성들이 결혼해서 자기와의 싸움을 그만둬 버리는 것을 흔히 본다. 아이를 키우는 것과 집안일에 파묻혀 자신을 얼버무리기 때문이다.

나는 집안일이나 육아만으로 하루가 끝나 버리는 여자들의 하는 얘기를 신용하지 않는다. 아무리 요령이 없는 여자라고 하더라도 한두 시간 정도 책을 읽을 수 있는 시간은 있을 것이다. 이 세상에는 아이를 키우고 집안일을 하면서도 훌륭하게 자신의 일을 하고 있는 여자들이 얼마든지 있다.

결혼은 인생의 종착역이 아니다. 거기서부터 출발이다. 남편이나 아이들 때문에 희생이 되어서 자기라는 존재를 잃어버리는 것이 아니라, 남편과 아이들과 더불어서 자기라는 것을 살리는 인생이어야 한다.

애인이 없다고 중얼거리는 젊은 여성들을 간혹 본다. 또 연애 같은 것은 귀찮아서 하고 싶지 않다는 젊은 여성들도 간혹 본다. 연애할 때 마음 쓰는 것이 귀찮다는 얘기다.

그래서 인스턴트 같은 사랑을 진짜라고 여기고 편한 것만 찾는다.

단 한 번이라도 심각한 사랑을 해 본 사람이 그런 얘기를 한다면 모르지만, 죽느니 사느니 하는 사랑을 해 본 적도 없으면서 사랑은 귀찮아서 질색이라는 소리를 들으면 놀랍다.

매력이라는 것은 가만히 있는 상태가 아니다. 적극적, 능동적으로 움직이고 행동을 취하고자 할 때 생기는 것이다. 타인에게 부드럽고 친절하게 말을 걸고 돌볼 때 반짝이는 것이다. 당신을 세계에서 가장 훌륭하다고 생각하고 있다는 것을 진심으로 상대에게 전할 때, 그 마음이 상대에게 있어서 당신의 매력이 되는 것이다. 우선 자기 쪽에서 상대에게 반하는 것, 너무 좋아서 견딜 수 없을 만큼.

그러나 그렇다고 해서 당신 없이는 죽겠다고는 하지 않는 것, 찰싹 달라붙는 것이 아니라 실은 당신 없이는 죽을지도 모르지만 당신을 좋아하는 것은 언제든 내 곁에서 떠나 버릴 것 같은 느낌 때문이라고, 그런 식으로 냉정한 행동을 취할 수 있는 쪽이 매력적이다.

그쪽이 남자의 마음을 훨씬 더 잡아두는 것이다.

당신이 어느 날 문득 내 곁을 떠나 버릴지도 모르니까 그래서 좋아한다는 말 뒤에는, 나도 또한 어느 날 훌쩍 당신

곁을 떠날지도 모른다는 느낌이 풍긴다. 그것이 사랑의 술책인 것이다.

사랑의 술책은 인생을 통해서 해야 할 길고 긴 게임이라고 생각하는 것이 좋다.

사랑의 술책은 어느 상대와의 싸움이기도 하지만, 자기 자신과의 견딜 수 없는 싸움의 연속이다. 자기와의 싸움을 소홀히 하면 거기서 그 인간은 매력이 없어진다.

정말 매력적인 여성은 사랑의 술책에 능하고 자신의 인생에 적극적인 여성이다.

매력적인 여성은 상대의 남자에게 많은 것을 바라지 않는다. 적어도 연애에 자신의 전 존재를 걸지 않는다.

사랑의 본질을 알고 있기 때문에 사랑의 술책에도 능할 뿐이다.

 기가 센 여자

그녀의 무덤 앞에서

죽음은 인간이 화해할 수 있는 가장 유일한 것
이다. 마음에 뚫린 웅덩이가 크면 클수록 그것
을 메우는 것이 인물이든 돈이든 크지 않으면
안된다.

세계 제일의 권력이 있던 남자 존 F. 케네디 대통령의 아
내였던 여자, 대통령이 암살당한 후 비극의 주인공이 되고
전 미국 국민의 우상이 된 여자, 재클린.

케네디의 죽음 뒤 상복을 입은 부인은 죽은 대통령과 함께
국민의 우상이었다.

그러나 케네디가 죽은 5년 후 세계적인 거부 오나시스와
재혼함으로써 전 미국인에게 배신감을 안겨 준 여자가 되었
다.

왜냐하면 우상에게는 감정과 욕망이 있어서는 안되는 것
이었다.

어떤 의미에서 그것은 가혹한 요구였다. 아무리 죽은 대통
령을 사랑하고 그 죽음을 슬프게 생각하고 있다 하더라도 그
녀는 살아 있는 여자였다.

마음에 뚫린 웅덩이가 크면 클수록 그것을 메우는 것이 인

물이든 돈이든 크지 않으면 안되는 것이었다. 그녀는 그저 그냥 살 사람이 아니었기 때문이다.

아내에게가 아니라 나라에 충성을 약속한 정치가의 남편을 가진 재클린은 고독했음에 틀림이 없다.

남편을 국민과 함께 공유하는 것만으로도 젊은 아내는 견딜 수 없었을 것이다. 거기다 케네디는 남편으로서 재클린에게 성실하지 못했다.

화이트 하우스의 주인이 된 후에도 대통령과 아름다운 여배우 또는 모델들과의 염문은 그칠 줄 몰랐다.

남편의 여성 편력, 케네디가로부터의 압력, 그런 속에서,

"나는 임신하고 또 임신할 거야. 그렇게 하는 것 외에 정치로부터 달아날 길이 없다."

라고 재클린은 어느 날 친구에게 그녀의 고독한 심정을 토로했다.

그녀는 세계 최고 거부 중의 한 사람인 오나시스와 재혼함으로써 비극의 히로인 자리에서 내려앉고 말았다. 화이트 하우스에서 생활하던 퍼스트레이디 시절은 그렇다 치더라도 아무도 그녀를 좋게 말하는 사람이 없었다.

평판은 그녀를 고급 매춘부라고 했고 그 최고의 입찰자는 오나시스였다.

온갖 사치스러움과 극치의 호화로운 생활을 누리던 그녀는 오나시스의 죽음으로 다시 세계의 눈을 모았다. 유족과 18개월간의 투쟁을 거쳐 유산 2천5백만 달러를 손에 넣음으

로써 45세의 부자 미망인의 탄생이었다.

아내 재클린과 3천 마일이나 떨어진 곳에서 오나시스가 타계했을 때,

"저 여자는 케네디가의 비운을 오나시스가에 옮겨 왔다."고 유일하게 혼자 남은 오나시스의 딸 크리스티나가 그녀를 비난했다.

그리고 1975년 3월 오나시스가 병석에서 한 말은 너무도 유명했다. 나의 아내(재클린)는 계산이 높고 마음이 차갑고 인정머리가 없는 여자라고.

어떻든 부와 권력의 남편을 가질 수 있었던 재클린은 칭찬하는 데 천재적이었다고 한다.

그렇게 미인도 아니고 놀랄 만큼의 스타일의 소유자도 아닌 재클린이 대통령의 아내가 되고 거부의 아내가 될 수 있었던 것은 그녀가 남자를 휘어잡을 수 있는 법(?)을 아는 여자였기 때문이었는지도 모른다. 그녀와 애기하고 있으면 자기가 세계에서 가장 유능하고 가장 핸섬하고 가장 재능이 있고 무엇인가 할 수 있는 남자라는 자신감을 갖게 하는 힘, 그것이 그녀에게는 있었다.

그것은 건성으로가 아니라 진심으로 마음을 열고 상대방의 애기를 들어주는 것, 그리고 상대방을 인정하고 칭찬하고 또 칭찬해 주는 것, 그런 것을 그녀는 알고 있었다.

아무리 강한 인간이라 해도 칭찬을 받으면 마음이 부드러워진다. 야단맞는 것보다 칭찬받는 것에 의해서 인간의 능력

은 몇 배로 발휘된다.

자기를 한도 끝도 없이 인정해 주고 칭찬해 주는 사람을 우리들은 놓칠 수가 없으니까.

겉치레로 듣는 칭찬도 어떻든 기분이 좋은데 상대의 얘기를 듣고 좋은 점을 발견해서 마음 속에서 우러나는 칭찬이야 말할 것도 없다.

재클린이 그런 힘을 가졌다는 것은 그녀의 부단한 노력, 인간으로서의 성숙도를 말해 준다.

이번 여행길에서 케네디와 재클린이 나란히 묻힌 국립묘지를 가 볼 수 있었던 것은 행운이었다. 재클린은 오랫동안 나의 가슴속에서 우상이었으니까. 10여 년 전 그녀에 대한 자료들을 보면서 내가 가장 감명 깊었던 것은 상대방을 칭찬할 수 있는 그녀의 힘, 그것이 매력이었다.

재혼했던 그녀가 우여곡절 끝에 결국 케네디 옆에 나란히 묻힐 수 있었던 것은 죽음이라는 것이 주는 커다란 의미였다. 죽음은 인간이 화해할 수 있는 가장 유일한 것이기 때문이다.

아주머니라고 불리우고

자기답게 살겠다는 적극적인 태도와 자세가 남편이나 연인의 관계를 더 섹시하게 만드는 것이라고 나는 생각한다.

우리나라는 젊은 여성의 천국이다. 젊음만이 미덕인 것 같이 생각하고 들떠 있다. 위험한 일이다.

이 나라에서는 나이를 먹는 것은 여자의 매력을 감소하는 것같이 생각한다. 그것은 여자의 연령에 대한 남성들의 편견이고 횡포다.

여자는 젊을수록 좋다고 한다. 여자는 스물다섯까지야, 혹은 서른다섯까지야 하며 남자들은 떠들어댄다. 남자 위주의 가치관으로 제멋대로 얘기한다. 우습다. 그런 남자를 보면 그 인격이 의심스러워진다.

그런 남자들은 나이 든 여자의 인격을 인정하지 않는다. 그러니까 성숙한 여자로서 중년을 보내기엔 이 나라는 불모의 땅이다.

남자들은 서슴없이 마흔이 지난 우리들을 아주머니라고 부른다. 듣기 싫은 표정을 하면 아주머니를 아주머니라고 부르는데 뭐가 잘못이냐고 한다.

남자들이 아주머니라고 쓰는 단어에는 차별 의식을 갖고 있다. 그 증거로 일선에서 활약하고 있는 여성에게 아주머니라고 부르지는 않기 때문이다.

올해 마흔여덟인 나도 아주머니다. 그러나 특히 동년배의 남자들한테 아주머니라고 불리우는 것은 불쾌하다. 그들이 쓰는 아주머니라는 단어에는 조소와 무시가 포함되어 있기 때문이다.

또 일반적으로 씌어지는 아주머니라는 말은 뻔뻔함, 사양하지 않음, 책임 전가, 무반성 등의 마이너스 이미지가 있다.

거기에는 여자의 책임도 있기는 있다. 다시 말해서 집에서나 집 밖에서나 긴장감이 없는 것 같은 태도, 갑자기 누가 방문하면 서둘러 방안을 치우고 헝클어진 머리로 맞이한다.

집안에서는 그렇다 치더라도 일단 밖에 나오면 타인의 눈도 의식해야 한다. 그런데 큰소리로 웃고 떠들고.

전혀 주의를 의식하지 않는다. 하다못해 긴장감을 가지려는 노력은커녕 아예 나 몰라라 할 때 아주머니가 탄생하는 것이다.

그리고 아주머니라는 사람들은 '뭐 누가 봐 줄 사람도 없는데', '이제 와서 또 시집갈 것도 아니고'라는 식으로 말을 한다.

자포자기해서 그럭저럭 지내는 여자는 매력이 없다.

여자로서 더 매력적이고 언젠가는 헛소리하는 남자들의

 기가 센 여자

코를 납작하게 해 줘야지 하고 벼르는 여자들이 나는 좋다. 그런 여자들을 나는 멋있다고 생각한다.

유럽에서는 나이가 든다는 것은 하나의 가치다. 여자에게 있어서 나이란 재산이다.

미국에서는 남자는 미혼 기혼을 통틀어 미스터이다. 여성은 미스, 미세스로 나눠 쓰여졌지만 1972년에 '미즈'라는 말이 확립되었다.

지금은 미국의 많은 남성들은 미숙한 여성보다도 지적이고 센스가 있고 매력 있는 '미즈'들에게 마음을 빼앗기고 있다고 한다.

미혼이든 기혼이든 마찬가지다. 결국 자신에게 주어진 일생을 어떻게 사는가 하는 것이다.

결혼 후 때를 벗지 못하는 것은 결혼이라는 제도 위에 안심해 버리기 때문이다. 푸욱 파묻혀서 솔선해서 아주머니 대열에 서 버리기 때문이다.

한 번뿐인 인생, 서둘러서 아주머니처럼 산다는 것은 재미가 없다.

우리나라에서는 아직도 자기 주장을 하는 여자를 무서운 여자라고 생각하는 풍조가 있다. 그러니까 성숙한 여성들이 크기 어렵다.

그러나 자기답게 살겠다는 적극적인 태도와 자세가 남편이나 연인의 관계를 더 섹시하게 만드는 것이라고 나는 생각한다.

원래 아주머니라는 말의 느낌은 가정적이고 지식이 풍부하고 많은 경험을 쌓고, 거기에 인간적인 무게가 있는 성숙한 여성이었을 것이다. 또 그런 이미지여야 하고.

그러나 저러나 우리나라 남자들이 쓰는 아주머니라는 인터네이션이 좋지 않다. 뉘앙스가 싫다.

아주머니를 대신할 수 있는 좀더 꿈이 있는 한국어는 없을까?

또 하나의 나

자기에게 가장 큰 이해자는 역시 자기 자신이
다. 자기 자신을 믿고 작은 목표를 향해 도전해
나가는 모습. 자기가 하고 싶은 일을 하고 있을
때 인간은 참으로 행복하다.

자신이 없는 사람에게는 두 가지 타입이 있다.

하나는 '나는 안 돼' 하고 생각해 버리는 사람과 다른 하
나는 '나는 하면 할 수 있어'라고 말하면서 결국 아무 것도
하려 들지 않는 사람이다. 나는 후자 쪽이었다.

내가 갖고 있는 많은 콤플렉스 중에서 가장 큰 것은 게으
름이다. 언제나 빈둥대고 있는 나 자신을 나 스스로가 목격
한다는 것은 참으로 괴로운 일이었다. 게으름 때문에 무엇
하나 하는 것이 없으면서도 또 야심을 품는 내가 싫었다.

그것도 구체적인 목표를 세우는 것이 아니라 '언젠가'라는
막연한 목표였다. 언제라는 확실한 목표가 아니라 언젠가라
는 목표를 세워 미리 도망칠 준비를 해 놓는 나라는 인간의
비겁함이 싫었다. 너무 싫어서 죽고 싶을 때도 있었다. 절망
이었다. 슬펐다.

구체적인 목표가 없으니 분발할 의욕이 없었다. 의욕이 없

는 생활은 매일 내게 허무감을 주었다. 허무감은 매사에 흥미를 잃어버리게 했다. 나중에는 허무감이 원인인지 게으름이 원인인지 무엇이 무엇인지조차 모를 지경까지 됐다.

그리고는 죽은 생선 같은 나를 아무도 사랑해 주지 않는다고 떠들었다. 섭섭해 했다. 혼자만 버려진 것 같았다. 모두들 즐겁고 행복한데 나만 따돌려진 것 같았다.

나중엔 분노와 슬픔까지 생겼다. 분노와 슬픔까지도 게으름 속에서 해결하려 들었다. 종일 멍하니 앉아 있거나 어떤 날은 종일 TV만 봤다. 그리고는 잘 수 있는 데까지 잤다. 자다 깨면 또 그런 날의 연속이었다.

그렇게 하기를 이 년. 어느 날 나는 아무도 없는 빈 방에서 소리내어 꺽꺽 울었다.

나는 알고 있었다. 나의 게으름의 정체를. 그것은 자신감 때문이었다. 나는 매사에 자신이 없었다. 자신이 없기 때문에 두려웠다. 목표를 세우는 것이 두려웠고, 무엇에 도전하는 것이 두려웠다. 그럴수록 사실은 그런 내가 불쌍했다.

그도 그럴 것이 그때 나는 이혼 직후였다. 모든 것에 대해서 자신이 없었던 때였다.

어느 일요일 오후, 나는 누워서 사강의 소설을 읽고 있었다. 읽다가 나는 벌떡 일어나 앉았다.

사강은 열아홉에 ≪슬픔이여 안녕≫을 발표해서 세계적인 명성과 부를 한꺼번에 가졌다. 모든 비평가들의 절찬을 한 몸에 받았다. 그리고 그녀는 나이와 걸맞지 않는 어른 같은 생활을 하고 있었다.

그녀가 발표하는 작품마다 파문을 일으켰다. 그녀의 개인적 스캔들, 명성과 부, 화려한 파티, 사교계의 생활, 그 모든 기초는 그녀가 겨우 열아홉이었을 때부터였다.

그런데 나는 서른을 훨씬 넘기고 있는데 아무런 시작도 안 하고 있지 않는가? 자신의 게으름을 처리 못하고 있는 내가 그 순간 괴물처럼 느껴졌다.

물론 내가 사강과 비교할 만한 작가가 되겠다는 생각은 전혀 아니지만. 해 보자, 이제부터라도 해 보자 하고 내 속에서 중얼거렸다. 진심으로.

우선 자기 혐오에서 벗어날 것, 그리고 지나치게 나 자신에 대해서 비판적이 되지 않을 것을 목표로 했다. 작은 목표를 세웠다. 하나씩 써 나갈 것으로. 그리고 글을 쓰기 시작했다. 십여 년 전이었다.

돌이켜 생각해 보면 무엇인가를 시작할 때 '이미 늦었다'라는 말은 잘못된 얘기다. 쓸데없는 걱정이다. 언제든지 시작할 수 있는 것이다.

시작하면 자신감도 생긴다. 백프로의 성공이 아니라 하더라도 자신감은 능력을 키워 준다.

자신감을 갖고 있을 때는 '할 수 있다'는 암시가 걸려 있기 때문에 얼굴도 빛난다.

자신감이라는 것은 글자 그대로 주관적이고 참으로 에고이스틱한 것이다. 자신감이란 가지려고 하지 않으면 결코 생길 수 없는 것이다. 나는 그렇게 생각한다.

나는 글을 쓰는 일을 함으로써 자신감이 없었던 나의 콤플렉스에서 조금은 해방될 수 있었다. 그렇다고 글을 쓰는 일이 나의 자신감이라는 얘기는 아니다.

다만 내가 얘기하고 싶은 것은 자기의 가장 큰 이해자는 역시 자기 자신이라는 것이다. 자기 자신을 믿고 작은 목표를 향해 성실하게 도전하는 것이 아름다운 모습이 아닌가 한다.

자기가 하고 싶은 일을 하고 있을 때 행복하다는 것을 우리는 알고 있기 때문에.

만남의 미학

만남이 내게 가르쳐 준 교훈은 좋은 이별만이
만남의 아름다움을 말해 준다는 것이다.

길을 걷다 보면 두 갈래의 길이 있어 망설일 때가 있다. 왼쪽으로 갈까 오른쪽으로 갈까 하고 내 스스로의 선택에 재촉받을 때이다.

만일 왼쪽으로 갔기 때문에 그 사람을 만날 수 있었다고 치자. 그리고 그 사람이 없는 지금의 나의 인생이란 생각할 수 없다고 한다면. 그렇지만 오른쪽으로 가지 않았기 때문에 만날 수 없었던 사람이 있음에도 분명하다. 그렇게 생각하면 갑자기 선택에 자신이 없어진다.

그 만날 수 없었던 사람은 어떤 사람이었나? 내게 어떤 영향을 주었을까? 그 사람과 만나지 않았기 때문에 내가 잃어버린 것은 무엇이었는가 하는 식으로.

데카르트식으로 생각하면 왼쪽에는 가지 않았기 때문에 왼쪽 사람은 내게 있어서 존재하지 않는다는 것이 된다. 그리고 그렇게 믿는 쪽이 마음이 편안해지는 것은 틀림없다.

그러나 나는 많은 만남을 경험하면서 만나고 싶다고 생각하는 사람을 반드시 만나면서 간다는 식의 생각을 하게 되었다.

왜냐하면 나 자신의 인생을 돌아보면 나의 사람과의 만남이라는 것은 결코 소극적인 것이 아니었기 때문이다.

예를 들어 운명의 사람과 만났다고 치자. 그때 그냥 멍하게 있었으면 아마도 모르는 사이에 지나쳐 버렸는지도 모른다. 아무리 운명적인 사람이라고 해도.

그러나 이런 사람을 만나고 싶다는 비전이 언제나 내 속에 있었기 때문에 역시 만나야 할 사람을 만나는 것이다. 그것은 자기가 얼마나 강한 바람과 비전을 갖고 있는가에 달려 있는 것이 아닌가 한다.

몇 년 전 한 남자를 만났다. 예정된 비행기보다 두 시간 늦은 비행기를 탐으로써. 만일 내가 예정대로 비행기를 탔다면 그 남자와의 만남이란 결코 없었을 것이다.

상대 역시 허겁지겁 마지막 남은 한 자리에 타지 않았다면. 그리고 그것이 나의 옆자리가 아니었던들 나의 지금은 아마 상당히 달라졌을지도 모른다.

그렇게 생각하면 모든 사람과의 만남이라는 것은 순간의 선택에 달려 있는 것 같은 생각이 든다. 그것이 우연임과 동시에 필연임을 말해 주는 것처럼.

지금 이 나이가 되어서 절실하게 느끼는 것은 새삼스럽게도 인생은 만남과 헤어짐의 반복이라는 사실이다.

 기가 센 여자

헤어짐이 있으니까 지금의 이 만남이 반짝거리고, 이별을 예감하고 있기 때문에 이 만남을 소중하게 간직하고 싶은 것이다. 그것을 아는 것은 몇 번의 만남과 헤어짐을 경험한 뒤라야 한다.

인생이란 거리에서든 어디에서든 만나야 할 사람을 만나게 되어 있다.

책이든 음악이든 영화든 풍경이든 만남이라는 것은 반드시 같은 레벨에서 일어나는 사건이다.

간혹 '어째서 애인을 만들지 않느냐?'는 질문에 '주위에 멋있는 사람이 없으니까'라고 대답하는 사람이 있다. 주위에 멋있는 사람이 없다는 것은 자기 자신이 그 정도이기 때문이다. 왜냐하면 모처럼 멋있는 남자와 만났다고 해도 그뿐이다. 자기가 멋이 있지 않으면 상대가 쳐다봐 주지 않기 때문이다. 또 자기도 상대의 멋스러움을 발견하지 못한다. 다시 말해서 관계가 생기지 않는다는 얘기다.

우리들은 시종 여러 사람을 만나면서 살아가지만 모두 관계를 만들어 내는 것이 아니다. 그럴 수도 있고 아닐 수도 있다. 사람뿐만 아니라 사물과의 만남도 마찬가지다.

슬픈 것은 결혼은 달리 두고라도 여자와 남자의 만남에도 반드시 이별이 있다. 하다 못해 만나서 아무리 사랑한다고 해도 죽음이 두 사람을 갈라 놓을지도 모른다. 만남이라는 것은 언제나 이별을 내포하고 있다는 얘기다.

문제는 이별이 빨리 오느냐 늦게 오느냐 하는 것뿐이다.

내 나이쯤 되면 한 순간 한 시간을 소중히 여기고 싶은 욕심이 생긴다. 그래서 사람과의 만남도 가능한 한 내 의지대로 하고 싶다. 정말 마음을 빼앗기는 괜찮은 남자와 한때를 보내고 싶다. 여자인 경우에도 마찬가지다.

여자와 남자가 만나서 연인의 관계가 되면 두 사람 사이에 있는 것은 이별뿐이다.

그렇다면 거꾸로 냉정히 생각해서 여자와 남자의 만남에서 중요한 것은 어떻게 헤어지느냐 하는 것이 아닌가 한다. 그 이별을 생각해 보는 것은 슬프지만, 좋은 이별만이 좋은 만남이었다는 것을 만드는 것이기 때문에 어쩔 수 없다.

만남이 있으면 헤어짐이 반드시 있다는 것은 인간은 태어나면 죽는다는 변할 수 없는 사실과 같은 것이다. 다만 만남이라는 것에 미학이 있다면 이별의 질이 그것을 말해 줄 뿐이다.

내가 몇 년 전에 비행기에서 만난 그 남자와의 이별은 엉망이었다. 서로에게 상처를 주고, 서로가 첫눈에 끌리고 반하고 운명적인 만남이라고 생각했음에도 불구하고 심지어는 만났다는 그 사실을 증오할 만큼.

그 만남이 내게 가르쳐 준 교훈도 역시 좋은 이별만이 만남의 아름다움을 말해 줄 수 있다는 것이었다.

 기가 센 여자

거울 속의 나

성공을 하든 못하든, 유명하든 안하든 쉬지 않고
일하고 있으면 반드시 골인할 수 있다. 인간에게
있어서 최고의 행복은 자기 실현이니까.

십오 년 전 전업 주부였을 때 나는 언제나 무료했다. 부부 모임이다 친목회다 하며 모임에 나가도 즐겁지가 않았다. 시간 낭비라는 생각이 들었다. 나도 주부인 이상 이웃과의 교제도 해야 한다는 의무감에서 가끔 모임에 나가기는 하지만 다른 사람들처럼 즐길 수가 없었다. 말하자면 나는 사람 사귀는 일이 서툴고 싫었다. 그렇다고 집안 일을 알뜰히 하는 것에도 별 기쁨이 없었다.

운동도 싫어하고 손재주도 없는 나는 책 읽는 것이 유일한 취미였다. 집안 일을 대강 해치우면 시간은 얼마든지 있었다. 그 시간에 거의 책만을 읽었다.

책을 많이 읽고는 있었지만 그것이 금방 피가 되고 살이 되어 나타나는 것은 아니었다. 재미있으면 만족하게 시간을 때울 수는 있었다. 그러나 어느 순간 그 시간조차도 낭비하고 있는 것이 아닌가 하는 생각이 들 때가 있었다.

어느 날 문득 나는 거울에 비친 내 모습을 보았다. 놀랐다. 거울 속에 있는 나라는 여자는 긴장감도 반짝임도 없었다. 지성도 감성도 개성도 없는 그냥 후줄그레한 아주머니였다.

왜 이런 얼굴이 되고 말았지? 슬펐다. 충격이었다.

그때 처음으로 나에 대해서 진지하게 생각해 봤다. 나의 인생이 이대로 좋은가, 나는 왜 이렇게 나 자신에게 놀라고 슬퍼하는가, 나는 무엇을 하고 싶은가 하는 것에 대해서. 그리고 그때처럼 세간에서 내가 버려진 존재라고 느껴 본 적은 없었다.

많은 생각 중에서 모아지는 것은 결국 글을 쓰고 싶다는 것이었다. 그래서 '그래, 해 보자'라고 결심했다.

글을 쓰는 직업을 갖자. 그것도 아마추어가 아니라 그것으로 먹고 사는 프로페셔널이 되자고 마음 속으로 정했다.

그 후 일절 나는 취미로 무엇을 조금씩 해 보는 것에 손을 대지 않았다. 워낙 재능이 없는 내가 그나마 글쓰는 직업을 갖기 위해서는 노력뿐이라고 생각했다.

손에 가진 것도 없고 도와줄 사람도 없고 오직 믿을 것은 자신뿐이라는 상황이었다. 완벽하게 그것뿐이라는 것에 오히려 힘이 생겼다.

어차피 갖고 있는 것이 없으니까 잃어버릴 것도 없었다. 그러니 두려워하지 않아도 됐다. 10년 분발해서 프로가 안 되면 그때는 늙어서 죽을 수도 있으니까, 죽으면 죽고. 진심으로 그렇게 생각했다.

전력투구할 바이면 진심이 있어야 한다.

진심이라는 것은 어떤 모든 책임도 고난도 감수할 수 있어야 하고, 그 결과로 반짝임도 긴장감도 생기는 것이라고 나는 생각한다.

그럭저럭 나의 인생도 후반에 들어섰다. 이제부터 나를 다시 한번 태우고 싶다. 일에서 그 결과가 어떻든 간에 그것이 내 남은 인생의 스릴이고 모험이다.

인간에게 있어서 최고의 행복은 자기 실현이 아닌가 한다.

그러나 포기하지 않고 지속해 나가는 노력이 인생에는 훨씬 의미 있는 것이다.

성공하든 못하든, 유명하든 안하든 쉬지 않고 걷고 있으면 반드시 골인한다.

요즘에도 가끔 나는 거울을 들여다본다. 그러나 거울 속에 비춰진 내 모습을 보고 슬퍼하거나 놀라지는 않는다. 십오 년 전처럼.

훨씬 늙어 있고 아름답지도 않지만 나 자신의 모습을 이제는 싫어하지 않는다.

왜냐하면 나는 매일 원고지의 한 칸 한 칸을 메워 나가는 일을 하고 있기 때문에.

내가 더 노녀가 되더라도 내가 좋아하는 일을 하고 있는 한 거울 속의 나는 나를 따뜻하게 감싸 줄 것이다. 그것을 나는 믿는다.

사랑의 근원

인간은 사람으로부터는 도망칠 수 있지만 자기
자신으로부터는 절대 도망칠 수 없다. 고독이라
는 것에는 미적인 유혹이 있다. 맛이다. 슬픔이
라든가 에너지라든가 하는 것이다.

사람은 모두 가치관이 다르다.

현대처럼 어떤 방법의 삶도 용서받는 시대도 없다. (물론
사회적인 죄를 짓는 것은 얘기가 다르다.) 타인과 똑같은 삶
이라면 분명히 재미도 없을 것이지만 살아가는 보람도 없을
것이다.

인생이란 어떤 일이 일어날지 모르기 때문에 재미(?)가 있
는 것이 아닌가 하는 생각도 해 본다.

그러나 아직까지도 이 나라에서는 이혼이 인생의 실패라
는 풍조가 있는 것 같다.

때문에 8년 간의 결혼 생활을 종지부 찍고 혼자 된 나는
그때부터 시련이 시작되었다.

이혼이 인생의 실패라는 풍조가 나를 고독하게 만든 것은
사실이었다. 그러한 풍조 때문에 결혼이라는 선로에서 벗어난
나는 어쩌면 가치가 없는 인간이라는 생각이 들기도 했다.

 기가 센 여자

그러나 더 큰 것은 고독이었다. 고독이 언제나 나를 지배했다. 엄밀히 얘기하면 그런 풍조가 나를 고독한 조건에 처하게 만들었다. 예를 들어 '기가 센 여자', '인생의 큰 잘못을 저지른 여자', 더 극단적인 얘기를 하면 마치 전과자를 보는 듯한 시선과 냉소였다.

이혼하고 혼자 된 딸인 내게 아버지는,

"혼자 있다는 것을 두려워하지 마라. 혼자 있다는 것은 많은 것을 느끼게 해 주니까."

라는 말씀을 하시고 눈을 감으셨다.

사실 아버지의 말씀대로 이혼 뒤 혼자 있는 시간은 내게 많은 생각을 하게 해 주었다. 나라는 인간이 보이기 시작했다. 나 자신을 잘 모르면서 무책임하게 했던 결혼도 보였다.

분명한 것은 사회의 차가운 시선과 냉소 속에서 내 인생의 터닝 포인트를 맞이한 것만은 사실이었다. 나는 달아나지 않았다. 그 모든 것을 수용함과 동시에 나는 내 스스로를 알고 싶었기 때문에.

겉은 어른이지만 내면이 유아적이었던 나는 좋든 싫든 빠르든 늦든 홀로서기를 해야 했다.

이혼이 인생의 실패라는 풍조 속에서 내가 우선 거쳐야 할 관문은 도망치지 않는 것이었다. 외로움을 받아들이는 것은 어른이 되기 위한 절대 관문이라고 생각했다.

그리고 그런 풍조에 대해서 지지 않으려면 자기 수용이 필요했다.

인간은 사람으로부터 도망칠 순 있지만 자기 자신으로부터 도망칠 순 없다. 그것을 알았을 때 나는 나를 용서하기 시작했다. 있는 그대로의 나를 수용하기 시작했다. 그리고 조금씩 나를 사랑하려 들었다. 그러면서 누구의 힘도 빌리지 않고 조금은 나답게 살아갈 수 있도록 노력했다.

모두가 고독하다고 한다.

아이들이 커서 엄마의 손을 필요로 하지 않을 때 엄마들은 고독하다고 한다. 아내보다 일이 우선인 남편이 야속해서 고독하다고도 한다.

늦게까지 돌아오지 않는 남편과 자식들을 기다리며 오두마니 앉아서 텔레비전 연속극을 보다 너무 고독해서 울고 싶을 때가 있다는 주부도 있다.

남자가 집 밖을 나가면 적이 일곱이라고 한다. 그 적들과 싸우면서 이루어 놓은 성공과 명예를 어느 날 문득 돌아봤을 때 참으로 고독하다고 하는 남자들도 있다.

누구든 모두 고독한 것만은 사실이다. 알고 있다.

그러나 세습이나 풍조에 의해 만들어진 편견과 독단이 어느 한 개인을 엄청나게 고독하게 만들어 버리는 경우가 너무도 많다.

나는 삼십대에 세간의 풍조라는 것으로부터 느꼈던 고독을 잊을 수가 없다. 어떻든 그 결과 다행스럽게도 나는 어떤 일이 있어도 도망치지 않는다는 강함을 갖게 되었다.

그러나 가만히 생각해 보면 혼자 있는 것이 외로운 것은 아니라는 생각도 든다. 즐거울 때, 기쁠 때 혼자 있는 것이 정말 슬픈 게 아닌가 한다. 그럴 때 고독한 것이다.

고독이라는 것에는 미적인 유혹이 있다고 한다. 맛이다. 슬픔이라든가 에너지라든가 하는 것이다.

그래서 고독은 인간을 성숙하게 하고, 예술가에게 예술이라는 꽃을 피우게 하고, 사업가에게 성공이라는 열매도 맺게 한다고 한다.

나는 어느 쪽이든 어떤 경우이든 고독은 가장 깊은 사랑의 근원이라고 생각한다.

고독이라는 것의 힘

고독은 때로 역사를 바꾸고 인생을 바꾸고 목
숨보다도 진한 사랑을 만들기도 한다.

　사람들은 흔히 인간은 모두 고독한 동물이라고 한다. 나는
그런 통속적인 말과 그런 말을 하는 사람을 신용하지 않는
다. 그 말로 인간을 결론지으려는 생각이 너무 단순하기 때
문이다. 왜냐하면 그런 생각으로는 아무런 것도 피어날 수
없으니까.

　인간은 원래 고독한 동물이라는 것은 이미 알고 있다. 그
것을 전제로 해서 무엇인가를 만들어 내는 것이 지적 에너지
가 아닌가 한다.

　고독이라는 것은 원래는 인간의 에너지의 원점이 되는 것
이라고 생각한다.

　흔히 집을 떠나 출장중인 남편들도 고독하다고 한다. 유학
중인 아이들도 고독하다고 한다. 사랑하는 사람이 없는 것도
고독하고, 무엇 때문에 사는지 정말 고독해서 죽고 싶다고
하는 사람도 있다.

그런 사람은 정말 고독한 것이 아니라 단순히 무료한 상황에 있을 뿐이다. 고독은 대부분의 경우 무료함에서 생기는 것이다.

고독감으로 우울해 있다는 것은 산다는 것에 대해 소극적인 상태에 불과하다. 그래서 자기 스스로가 무료해지는 것이다.

두려운 것은 고독이 아니라 자기 속에 몰래 숨어 있는 무료함인 것이다.

자기는 혼자이고 고독하다는 것은 불특정 다수에 대한 어리광이다. 또 자신의 세계를 좁힌 나머지 어쩔 수 없이 생기는 무료함인 것뿐이다.

고독에서부터 달아나기 위해서는 인간은 무엇이든 한다. 술을 마시고 여행을 하고 영화를 보고 책을 읽고, 또 사랑하는 사람을 구하려고 필사의 노력을 한다. 그것은 훌륭한 창조의 에너지이다.

그런가 하면 반대로 고독해지기 위해 노력하는 사람도 있다. 숨쉬는 시간조차도 아까울 만큼 바빠서 단 일분도 혼자 있을 시간이 없는 사람, 시간에 쫓기는 일을 하는 사람뿐만이 아니라 언제나 사람을 접하고 있는 사람은 오히려 혼자 있고 싶어한다.

현대의 고독이라는 것은 원래의 고독이 아니라 고독감을 느낄 때의 감상에 불과하다.

외로움, 슬픔, 불안, 절망과 같은 마이너스 이미지에 집착해서 그것을 플러스로 전환하는 것을 바라지 않기 때문이다.

원래 플러스로 전환시킬 수 있는 고독은 자기는 역시 혼자서 살아간다는 것, 부모, 형제, 친척, 친구가 있어 자신을 감싸준다 하더라도 자기의 생은 혼자서 확인하면서 살아간다는 것, 그것은 아주 냉정한 실감이다. 그렇게 고독하다는 것에 자기 나름대로의 의의를 표할 때이다.

사랑하는 사람이 생기고 거기에 모든 에너지를 쏟고 일생을 걸 때 우리들은 싫어도 고독을 느껴야 할 때가 있다.

왜냐하면 그때 자신의 연인도 일도 객관적으로 보지 않으면 안되기 때문이다. 그 누구에게도 기대할 수 없다는 것, 모든 것을 해결할 수 있는 것은 결국 자기뿐이라는 것, 냉정한 눈으로 연인을 보고 일을 하고 자신을 생각해 볼 때, 그때 비로소 폭발적인 에너지를 끄집어낼 수 있는 것이다.

고독을 진심으로 받아들이는 것은 정말 훌륭한 플러스의 에너지가 된다.

괜찮은 여자는 고독을 알고 있는 여자다.

남자나 주변의 인간관계에 빠져 자신을 돌아볼 여유가 없는 여자는 괜찮은 여자라고 할 수 없다. 그것은 진짜의 고독을 이해하지 못하기 때문이다. 용기를 가지고 고독을 똑바로 응시하지 않는다면 표면적인 교제나 허영에 침몰되고 만다.

고독이라는 것은 불행한 것이 아니다. 고독을 적극적으로 받아들임으로써 반대로 고독에서 헤어날 수 있는 것이다.

연인이 생기고 친구가 생겼을 때 그때 비로소 진짜 고독이

 기가 센 여자

시작된다. 상대는 자기가 아니라는 것, 별개의 인격을 가진 타인이라는 것, 그 생각하는 방식, 삶의 방식, 감성은 기본적으로 다르다.

아무리 사랑하는 상대라도 그 사람의 죽음을 대신 죽을 수는 없다. 사람은 각자 살고 각자 죽어갈 뿐이다.

그것을 충분히 음미하고 이해하는 것은 고독한 작업이다. 심리적인 갈등을 앓고 난 뒤 비로소 사람과 사람과의 거리를 좁힐 수 있는 것이다.

고독을 두려워할 것은 없다.

고독으로부터 탄생되는 많은 것들이 있다. 거듭 얘기되지만 고독으로부터 도망치려고 하지 말고 정면 도전을 할 때 고독은 엄청난 에너지를 우리에게 안겨 준다. 그 힘은 때로는 역사를 바꾸고 인생을 바꾸고 목숨보다도 진한 사랑을 만들기도 한다.

자신을 사랑할 때

열등감을 적당히 갖고 있는 사람은 좌절에 강
하고 언제나 노력하려는 의지가 있다.

미국의 유명한 연설가 M. 샤만은 그의 자서전에서 이렇게
말하고 있다.

'내가 처음의 스피치에 실패한 것이 나를 연설가의 길로
걷게 했다. 그리고 지금의 내가 성공했다고 한다면 지난날의
나는 실패의 연속이었다.'

그의 실패라는 것은 그가 학부모를 대표해서 학교측에 감
사의 마음을 전하는 스피치를 하도록 의뢰받았다. 그는 그날
을 위해서 스피치의 내용을 적고 거울 앞에서 몇 번이고 몇
번이고 연습을 했다. 만전을 기해서.

드디어 그날이 왔다. 그러나 단 위에 서는 순간 모여 있는
많은 사람들의 시선에 그는 압도당하고 말았다. 한마디도 할
수가 없었다. 그렇게 거듭하여 외웠던 스피치가 연기가 되어
그의 머리 속에서 사라져 버렸다. 한 구절이라도 기억을 해
내려고 하면 할수록 머리 속은 더 비어 버렸다. 학부모들의

비난과 야유는 말할 것도 없었다. 그 실패로 인한 충격은 컸다. 충격에서 다시 일어서기까지에는 상당한 세월이 필요했다.

그러나 그런 실패가 있었음에도 불구하고 그는 다시 기회가 있다면 적극적으로 나서 보리라고 마음먹었다. 그 후 그런 기회가 있을 때마다 손이 떨리고 심장이 터질 것 같고 다리가 후들거려도 그는 도망치지 않았다. 도전했다. 그 결과 그는 유명한 연설가가 되었다.

최초의 실패로 얻은 충격이나 열등감은 쉽게 지울 수가 없다. 그러나 우리들은 열등감을 부끄러워하거나 너무 한심하게 느낄 필요는 없다. 왜냐하면 열등감은 누구에게나 있다. 그것을 알아야 한다. 인간은 살아 있는 한 어떤 형태로든 열등감이 생기게 마련이다. 다만 사람에 따라 처리 능력이 다를 뿐이다. 열등감을 숨기는 사람과 그것을 극복하기 위해서 노력하는 사람이 있다.

나도 물론 열등감을 갖고 있다. 내가 예쁘지 않다는 것에 대해서. 그래서 나는 언제나 화장을 한다. 내가 예쁘지 않은 얼굴에 화장도 않고 있으면 나는 못생겼다는 생각으로 죽고 싶을지도 모른다.

물론 내가 화장을 하는 것은 열등감을 숨기기 위한 것뿐만은 아니다. 그러나 생각해 보면 사실은 내가 화장을 했다고 해서 나의 열등감이 없어지는 것도 아니다.

또 행여 누가 내게 미인이라고 말해 주는 사람이 있다고 해도 내가 예쁘지 않다는 것은 내게 있어서는 움직일 수 없는 사실이다. 그 열등감은 내가 죽을 때까지 계속될 것이다.

그러나 그런 열등감도 잘 생각해 보면 다른 사람의 아름다움에 압도당하고 비교함으로써 생긴 공포감 같은 것이 아닌가 한다. 문제는 열등감이란 숨기거나 적당히 접어둬서 해결되는 것이 아니다. 정면에서 대결해야 한다.

나는 무기력하고 예쁘지도 않고 하는 식으로 말하며 아무 노력도 하지 않는다면 자신에 대해서 너무 무책임한 행동이다. 열등감으로부터 도망 가지 말고 많이 고민할 것, 괴로워할 것, 그 대신 헝그리(hungry) 정신을 가져 줬으면 하는 것이 바람이다.

누구에게든 있는 열등감, 그것은 소멸되는 것이 아니라 투쟁하면서 그것과 더불어 살아가는 것이다.

열등감 때문에 우울해 하고 고민하다 보면 세월만 간다. 자기 주장을 펴지도 못하고 성격도 이상해진다.

중요한 것은 자신을 믿는 일이다. 자기 이상으로 자신을 믿어 주는 사람은 없으니까. 자신의 맹점을 알았을 때, 그리고 그것을 의식하고 노력할 때 발전하는 것이다.

열등감은 출발점이다. 끝이 아니다. 인생에는 바꿀 수 없는 것을 바꾸는 용기도 필요하다. 그러나 바꿀 수 없는 것을 바꿀 수 없다는 결의도 중요한 것이다. 당연한 얘기지만 사람은 자기로서의 자기를 살아갈 수밖에 없다. 자기답게 살아가는 것, 그것은 자신의 열등감까지도 포함한 자기 수용이다. 열등감을 적당히 갖고 있는 사람이 좌절에 훨씬 강하다. 언제나 노력하려는 의지도 있다. 때문에 좋은 결과도 있는 것이다. 우월감뿐이고 열등감이 없다면 인간은 결코 노력하려고 하지 않을 것이다. 그것은 인간적인 것도 아니고 자랑할 만한 것도 아니다.

한마디로 말한다면 열등감은 오히려 환영해야 할 것이 아닌가 한다. 열등감은 인간이 성장하는 과정에서 필요한 독이다. 나는 그렇게 생각한다.

버려진 약속

지켜지지 않은 남자의 약속이 때로는 아름답게
느껴질 때도 있다. 그것은 연인이 아니라 인간
애로 여자가 남자를 용서했을 때이다.

남자는 어느 쪽인가 하면 장기형의 약속을 한다. '죽을 때
까지 너만을 사랑할 거야'라든가 '언젠가 꼭 너를 행복하게
해 줄께'라든가 하는 식으로.

죽을 때까지라든가 언젠가 하는 것이 문제이다.

3년도 안 되어 바람 피우면서 '너만을 사랑한다'고 했지
않느냐고 여자가 따지면 거짓말이 아니라고 한다. 그때는 일
생을 통해 너만을 사랑할 생각이었다고 한다.

여기에 남자들의 장기형 약속의 모순과 함정이 있다. 장기
형 약속이기 때문에 거짓말은 아니라 하더라도 거의 실현 불
가능에 가깝기 때문이다.

사람이 약속을 하게 되면 기대를 하게 된다. 기대를 하면
괴롭다. 기대라는 것은 대체로 어긋나기 때문이다. 처음부터
약속이 지켜져도 좋고 그렇지 않아도 좋다고 생각했을 때 지
켜지면 기쁘다. 그러나 꼭 지켜질 것이라고 생각했다가 어긋

나면 슬프고 괴롭기 그지없다.

타인과의 약속은 반 정도만 지켜져도 다행이란 생각이 든다. 그러나 자기가 자기에게 한 약속만큼은 꼭 지켜야 한다고 나는 생각한다. 그리고 지킬 수 없는 약속은 가능하면 처음부터 하지 않는 것이 가장 좋다.

애기가 옆으로 흘렀는데, 아무튼 여자는 자기가 사랑하는 남자의 말을 모두 약속으로 받아들이는 경우가 많다. 그리고 기대한다. 슬프게도 연애할 때의 남자는 대개 거짓말만 한다. 거짓말에도 여러 가지가 있다. 좋게 보이고 싶어서 하는 거짓말이 있고, 상대를 위해서 하는 거짓말, 상처 주고 싶지 않아서 하는 거짓말 등등 많다.

사랑에 빠져 있는 여자는 남자의 진의를 잘 모르기 때문에 비극이 시작된다. 남자들은 여자와 약속을 해 놓고 기다리게 하는 경우가 종종 있다. 전화 한 통 없이. 그러면 기다리다 지친 여자가 대든다. 전화 한 통 해 주는 것이 그렇게도 힘이 드냐고. 그러면 남자는 피치 못할 급한 일이 있었다고 한다. 그래도 화가 안 풀려서 여자가 더 따지면 남자에게는 돌발적인 일이 있을 때가 있다고 못을 박는다.

"돌발적인 일요? 거짓말쟁이."

그 말에 열받는 남자.

"거짓말쟁이라고? 뭐가 거짓말이라는 거야?"

"약속을 안 지켰으니까 거짓말이지."

"지킬려고 했어. 그런데 어쩔 수가 없었다고 했잖아."

"지킬 생각이 없는 약속을 거짓말이라고 하는 거야. 결국 약속 안 지켰잖아? 같은 얘기지 뭐."

남자는 피할 수 없는 돌발사고, 급한 일들이 자주 일어나는 동물이라는 것을 많은 버려진 약속의 경험으로 나는 알았다.

그러나 연인을 몇 시간이고 기다리게 하고 심지어는 결혼의 약속까지도 어길 만큼의 중대한 이유 같은 것이 남자에게 정말 있는 것일까? 남자는 마치 있는 것 같은 얼굴을 한다. 나도 젊었을 때는 있는 것으로 세뇌당했었다. 사회에서 남자들과 같이 일을 하고 결혼하고 그 결혼이 부서지고, 글을 쓰기 시작하면서, 몇 년의 나의 경험으로 알았다. 진심으로 약속을 지키려고 마음먹으면 지킬 수 있다는 것을. 그럴 마음이 없기 때문에 어긋나는 것이다.

문제는 정열이다. 약속을 어기는 것은 더 좋은 다른 일이 있기 때문이다. 내 경험으로 얘기를 한다면 그렇다. 기다리고 있는 여자보다도 새롭게 안 여자 쪽이 훨씬 스릴이 있고 매력이 있게 마련이다. 그렇지 않은가? 그런 여자가 부르면 남자는 말할 것도 없이 오래 된 여자와의 약속을 어긴다. 그렇다고 전화로 미안하다고 말할 용기도 배짱도 남자에겐 없다. 사과하는 것도 귀찮다는 생각 때문에 그만둔다. 오래 된 여인에게는.

한두 번이면 모르지만 서너 번 남자가 약속을 어긴다면 그것은 이미 끝난 얘기다. 그렇게 생각하는 것이 좋다. 이미

 기가 센 여자

끝났으면서도 끝났다는 애기를 남자는 하지 않는다. 그것이
남자의 간교함이다. 마음이 약해서라든가 상대방을 배려해
서라든가, 상처받을까 봐서라든가 하는 식으로 둘러대면서.
남자는 역시 거짓말쟁이다.

　나는 '평생 당신만을 사랑할 거야'라는 남자의 그 약속을
믿지 않는다. 만일 약속을 했다면 차라리 끝까지 속여 줬으
면 하는 것이 나의 바람이다. 꿈이라도 깨지 않게. 그러면
최소한 버려진 약속은 안 될 테니까. 지켜지지 않은 남자의
약속이 때로는 아름답게 느껴질 때도 있다. 그것은 연인이
아니라 인간애로 여자가 남자를 용서했을 때이다.

비밀과 추억

자신의 적성은 자신이 정하는 것이다. 무엇을
하고 싶은데 적성에 맞을까 하는 걱정은 할 필
요가 없다.

그날 작문 시간에 선생님이 나의 작품을 반 아이들에게 읽
어 주셨다. 잘 썼다는 칭찬과 함께. 그리고 나는 앞에 나가
서 박수도 받았다.

지금은 거의 기억에 없지만 아마 친구와의 우정에 대해서
쓴 글이었던 것으로 생각된다. 흔히 있던 소재로, 폐결핵을
앓고 있던 친구와 내가 도시락도 나눠 먹고 하며 절실하게
지내다가 결국 친구가 죽는다는 얘기였다. 그런데 사실은 거
짓말이었다. 도시락을 나눠 먹은 적도 없고 폐를 앓던 친구
도 없었다. 더구나 친구가 죽은 일도 없었다.

그날, 앞에 나가서 박수를 받을 때 가슴이 몹시 뛰었던 것
은, 지어낸 얘기가 탄로날까봐 하는 걱정 때문이었다. 그러
나 기뻤다. 칭찬을 받았다는 것 때문에도 그렇지만, 나도 무
엇인가를 할 수 있다는 느낌이 들었기 때문이었다. 뿌듯한
마음이었다.

그날 나는 나 자신과 약속을 했다. '나는 커서 작가가 되겠노라'고. 물론 그것은 나만의 비밀이었다. 아주 소중한 비밀이었다. 아무에게도 말하지 않았다. 비밀이었으니 말할 수가 없었다. 친구는 물론 선생님한테도. 심지어는 나의 어머니한테도.

그날 이후부터 나는 고민이 생겼다. 우울했다. 왜냐하면 어떻게 해야 작가가 되는 것인지 알 수 없었기 때문이었다. 학교가 파한 뒤 늦게까지 교정의 벤치에 앉아 있었다. 밤새워 책도 읽었다. 읽다가 감동이 되는 부분에 빨간 줄을 긋고 메모를 했다. 그리고 부러워했다. 어떻게 하면 이런 글을 쓸 수 있을까 하고.

나 자신과 한 약속을 지키고 싶은데 막연하기만 했다. 중학교 2학년 가을이었다.

잊은 듯 잊혀진 듯하며 지내오는 세월 속에서 나는 이제 마흔여덟이 되었다.

그러나 솔직히 한번도 그날 내 마음 속에 정했던 약속을 잊어 본 적이 없다. 잊어버리기는커녕 언제나 기억하며 지내왔다. 노력을 하며 살아왔다.

그런데 글을 쓰는 직업에 도달하는 일이란 결코 쉬운 일이 아니었다. 고등학교를 졸업하고 대학을 졸업하고, 사회에 나와서도 나는 아직도 약속을 못 지킨 채 그냥 그 자리에 있었다. 작가가 되고 싶다는 열망만이 그냥 내 가슴에 자리하고 있다. 꺼지지 않는 불처럼.

매해 신춘문예에 도전을 하여 떨어지기가 십수 차례. 그래서 아무리 약속을 했다 하더라도 적성이 맞지 않는 것이 아닐까 하는 생각도 해 보았다. 전혀 재능도 없으면서, 약속했다는 이유만으로 융통성 없이 다른 데로 방향을 못 돌리는 고지식한 성격이 한스럽기도 했다. 끈질긴 내 성격이 밉기도 했다. 그까짓 것 하고 훌훌 털어 버리면 될 것을. 되지도 않는 길을 택해서 이렇게 이루지 못해 슬퍼하는가 하고 생각하기를 수십 차례.

미리 적성검사를 해 봤어야 하는 것이 아니었나 하는 생각도 해 봤다.

지금 생각하면 모두 소중한 생각들이었다. 필요한 시간들이었다.

살아오는 과정에서 결론을 얻었다. 적성검사보다도 중요한 것은 자기 자신을 믿는 일이라는 것을.

자신의 적성은 자신이 정하는 것이다. 무엇을 하고 싶은데 적성에 맞을까 하는 걱정은 할 필요가 없다. 적성은 나중에 따라오는 것이다. 어떤 일을 하고 싶다는 것은 벌써 그 시점에서 숨은 재능이 있다는 얘기다. 때문에 시작한 사람만이 승리고 성공이다.

인생에서 성공과 실패에 대해서 말하는 것은 그리 쉽지 않다. 자신이 선택한 모든 일도 그렇다. 장래의 직업이나 꿈에 대해서도 마찬가지이다.

 기가 센 여자

　그러나 실패에 대해서 확실히 말할 수 있는 것은, 패배가
실패가 아니라 도중에 중단해 버리는 것이 실패인 것이다.
　어떤 일이든 결정하고 나면 고난이 있더라도, 몇 번 좌절
하더라도, 시간이 걸리더라도 포기하지 않고 해내는 것만이
유일하게 자신의 것이 될 수 있기 때문이다.
　누구든 한번쯤은 자기 자신과 약속을 할 때가 있을 것이
다. 약속은 곧 꿈이니까. 꿈을 품고 꿈이 이루어지도록 노력
하는 것은 참으로 아름다운 일이기 때문에.

책과 나

문득 살아간다는 것이 우울해질 때, 그 우울을
같이 생각해 주는 책과 만난다는 것은 행복한
일이다.

내가 스물이었을 때 어떤 사랑에 빠진 일이 있었다.

그 사랑에 깊이 빠져들면서 나는 이미 이별을 예감했었다.

그것은 참으로 견딜 수 없는 아픔이었다. 우울했고 매일
슬퍼했다.

이별에 대한 준비를 하고 있으면서도 미련은 더욱 나를 고
통스럽게 했다.

그런 어느 날, 나는 마가렛드 미첼의 ≪바람과 함께 사라
지다≫라는 책과 만났다.

밤을 꼬박 새우고 읽고 난 뒤 나는 스칼렛처럼 용기를 낼
수 있었다.

이별에 대한 용단도 외로움도 두렵지 않았다.

그처럼 이상하게도 책이란 것은 이쪽에서 절실히 구하면
자연히 그와 같은 책과 만나게 된다.

어쨌든 그때 나는 그 한 권의 책으로 자신의 스타일로 생

활해 나가는 일이 얼마나 훌륭한가를 가르침받은 셈이었다.

그 이후 책을 읽는 일이 먹는 일 자는 일 등과 함께 나의 생활 속에 자리잡게 되었다.

그렇다고 내가 굉장한 노력가에 독서광이라는 얘기는 아니다.

그저 책을 읽는다는 것이 즐겁고 기쁘기 때문이다.

시간이 있으면 언제든지 책을 펼쳐든다. 우울하거나 바쁠 때일수록 더욱 그렇다.

오히려 그럴 때 책을 펼쳐들면 마음에 여유가 생기는 기분이 든다.

한 권의 책을 읽고 나서 다시 다른 한 권의 책을 손에 펼쳐들 때의 그 기쁨은 나에게 있어서 호기심과 정신적인 체험에 대한 기쁨이다.

또한 그 기쁨은 정신적인 성장인 것이다. 사물을 깊게 생각하게 하고, 그리고 상상력을 풍부하게 하는.

긴 세월의 우정을 나누어 오던 친구라도 모르는 부분이 많지만 책은 한 권 읽으면 주인공의 인간성이나 생각하는 방식까지도 금방 알 수 있다.

다시 말해서 밀도 있게 그 인물과 만날 수 있다는 얘기다.

또 책을 읽음으로써 사물에 대한 흥미를 갖게 된다. 즉 인생 그 자체에도 흥미를 갖게 된다는 것이다.

흥미를 갖게 되니 즐거워진다. 그렇다고 책이 읽은 즉시 효과가 있는 것은 아니다. 읽었다고 해서 곧 지적인 얼굴이 되는 것은 아니니까.

매일 조금씩 쌓아 올려 가는 것이 중요하다. 요즈음 어머
니들은 책을 읽지 않으면서 아이들에게는 책을 읽으라고 한
다.

책을 읽는 그 자체도 다른 습관과 같다는 생각이 든다. 이
를테면 손을 씻고 이를 닦고 인사를 하는 것과 같이.

거기에다 책처럼 싼 것도 없다.

책을 써내는 사람의 경우를 생각한다면, 몇십 년을 걸쳐
경험한 인생을, 또 몇십 시간을 책상 앞에 앉아서 써내려 간
것을 단돈 몇천 원으로 사서 볼 수 있다는 것은 얼마나 싸고
다행한 일인가.

나에게 있어서 책이란 미지의 인간과 시대를 넘어서의 만
남이다.

인생을 끝없이 풍부하게 해 주는 것, 문득 살아간다는 것
이 우울해질 때, 그 우울을 같이 생각해 주는 책과 만난다는
것은 행복한 일이다.

책은 전혀 생각하지도 못했던 일을 생각하게 해 주고 그
생각을 정리해 주기도 하기 때문이다.

 기가 센 여자

행운을 잡을 수 있는 남자

인생이 그 사람에 있어서 무대라고 한다면 중요한 것은 무대를 보러 와 주는 관객을 소중히 여겨야 한다. 그것이 만남이다. 만남의 행운을 잡을 수 있는 남자만이 자기 인생의 무대에서 가장 빛날 수 있는 남자이다.

행운이라는 말이 있다. 내가 좋아하는 말이다. 행운에도 여러 가지가 있지만 사람과의 만남처럼 큰 행운은 없다고 나는 생각한다. 모든 것은 만남에서부터 시작되기 때문이다.

사람과 사람이 만나는 것을 별 대수롭지 않게 생각하거나 언제든지 만날 수 있다고 생각하는 경우도 있지만, 그렇지 않다. 처음이자 마지막일 수도 있고 죽기 전에 두번 다시 만날 수 없을지도 모른다라고 생각을 하면 만남이라는 것은 대단한 행운이 아닐 수 없다.

만남이 대수롭고 대수롭지 않게 여겨지는 것은 우연인가 필연인가의 차이일 뿐이다. 또한 우연인가 필연인가는 만났을 때 자신이 상대를 선택하는가 안하는가에도 달려 있을 뿐이다. 그냥 지나치면 우연이고 자신이 선택하면 필연적인 또는 숙명적인 만남이라고도 한다.

어느 쪽이든 만남이라는 것은 더할 수 없이 소중한 것만은 사실이다. 만남의 소중함을 아는 것이 성숙한 인간이 아닌가 한다. 왜냐하면 만남이란 서로의 인격을 인정하고 인식하는 데서부터 출발하기 때문이다. 인간관계든 우정이든 애정이든 거기서부터 싹이 트는 것이다.

사람과 사람이 만나서 상대와 자기가 맞고 안 맞음을 느끼는 것은 불과 3초에서 5초라는 심리학자들의 얘기가 있다. 그러나 맞고 안 맞음보다도 더 중요한 것은 만남이라는 기본에 깔려 있는 성실함에 있다고 생각한다.

처음 만남이 뒤틀렸을 때 어차피 두번 다시 안 보면 되니까 상관없다고 생각하는 것과 어쨌든 만났으니까 서로 좋게 헤어지자는 생각을 갖고 있는 사람과는 전혀 다르다.

나는 최근에 슬픈 경험을 했다. 어느 모임에서였다. 우리는 처음으로 겨우 만났을 뿐인데 그 만남은 어이없게도 서로의 인격에 엉망으로 상처를 주는 것으로 끝나 버렸다. 불행한 일이다.

만나서 사람을 매료시키는 것은 많은 말도 아니고 자기 자랑도 아니다. 그 사람의 인성이다. 나는 그렇게 생각한다.

만남을 좋은 인연으로 만들어 가는 데는 무엇보다도 적극적인 태도가 필요하다. 그것이 성실함이다. 그리고 자신의 열등감 같은 것은 버려야 한다. 열등감에서 해방되어야 한다. 열등감을 완전히 배제하는 것이 아니라 열등감은 누구든 갖고 있는 것이라고 마음 속에 확신을 가지면 된다.

자신의 열등감의 나열보다도 즐거운 얘기를 적극적으로

하면 된다. 가끔 농담을 섞어 가면서 만남을 즐기면 된다. 그것이 만남의 행운을 잡는 찬스다.

마흔이 지나면 어떻게 죽을까를 생각하면 거꾸로 어떻게 살아야 하는가에 대한 해답이 쉽게 나온다.

마흔을 지나면 우리의 인생이 무제한한 것은 아니라는 것을 알게 된다. 그래서 우리들은 자신을 객관적으로 보는 눈을 갖게 된다. 또한 볼 수 있을 때 비로소 누구에게든 사랑받는 인간이 되는 것이 아닌가 생각한다. 인생이 그 사람에게 있어서 무대라고 한다면 중요한 것은 무대를 보러 와 주는 관객을 소중히 여겨야 한다. 그것이 만남이다.

그러나 아직도 남자들의 긴 인생 속에서 인간적으로 성숙함에 도달하지 못한 사람들이 너무도 많다.

보봐르는 '여자는 여자로 태어나는 것이 아니라 여자로 만들어져 간다'고 했다.

마찬가지다. 남자도 남자로 태어나는 것이 아니라 남자로 만들어져 가는 것이다. 그래서 진짜 남자가 되는 것이 아닌가 한다. 거기에는 자기 노력과 성찰이 없이는 불가능한 일이다.

그리고 만남의 행운을 잡을 수 있는 남자만이 자기 인생의 무대에서 가장 빛날 수 있는 남자라고 나는 생각한다.

아무도 없는 곳

돈을 버는 것도 인생도 '절대 안전하지 않다' 라는 곳에서부터 출발하기 때문에 묘미가 배로 증가하는 것이다.

먹기 위해서 산다거나 살기 위해서 먹는다는 식의 얘기는 들어 봤지만 돈 때문에 산다는 얘기는 들어 본 적이 없다.

그런데 요즘에는 그렇지도 않은 것 같다. 마치 돈 때문에 사는 것처럼 여겨질 때가 많다. 주위가 온통 돈 애기다. 남자는 말할 것도 없고 여자들도 돈 애기뿐이다.

그런데 가만히 듣고 보면 돈 없는 사람이 없다. 모두가 부자다. 어디에 몇천 평 땅이 있고 어디에 빌딩이 있고 하는 여자 중에는 일억 원에 가까운 밍크를 입고 그래도 돈을 쓸 데가 없어 집에서 키우는 고양이와 강아지에게도 밍크 조끼를 입히는 여자가 있다. 다이아몬드의 귀고리, 팔찌, 목걸이, 반지는 말할 것도 없고 그것도 모자라서 구두에도 다이아몬드를 박고 다닌다.

나는 죽었다 깨어나도 그 근처에도 못 가 보는 여자이니까 부러워하는 것조차도 죄스러운 생각이 들 정도이다. 손에 닿지 않는 것을 원하면 무리가 생기고 우울해지는 것이니까 포기도 빨라야 한다.

그런데도 그 여자는 언제나 심심하다고 한다. 지루해 죽을 지경이라고 한다. 세상은 공평한 것 같으면서도 불공평한 부분들이 너무도 많다.

한때 부동산 붐으로 인해 갑자기 졸부들이 판을 치던 때가 있었다. 그때 유행하던 말 중에 '있는 것은 돈뿐이고'라는 말이 있었다. 나도 한 번만이라도 그런 소리를 해 보고 죽었으면 원이 없겠다고 생각한 적이 있었다. 솔직한 심정으로.

여자가 마흔을, 그것도 중반을 넘기면 앞날이 대강 보인다.

여태껏 부자 소리는커녕 사모님 소리도 못 듣고 살아온 내가 돈 자랑하는 대열에 낄래야 낄 수가 있는가. 행여 어떤 졸부의 아내가 갑자기 죽어서 그 졸부와 결혼하게 되면 나도 부자가 될지. 그러나 아직 그럴 가능성은 제로에 가깝다.

그런데 돈을 갖고 있다고 해서 돈을 잘 쓰는 것은 아니다. 그것은 전혀 다른 차원이다. 일반적으로 돈을 갖고 있는 사람이 돈을 쓰지 않는다. 돈을 모으는 비결은 쓰지 않는 데 있다는 것은 예나 지금이나 마찬가지다. 결국 쓰지 않으니까 모아지는 것이다. 문제는 자신을 위해서는 쓸지언정 결코 타인을 위해서는 쓰지 않는다는 얘기다.

졸부들은 돈을 은행에 넣고 이자를 불린다. 이자에 다시 이자가 붙는 재미로 산다. 그리고 큰소리친다. 돈 없는 사람을 함부로 무시하고 마치 세상을 다 얻은 것처럼 지낸다.

졸부의 아내들도 마찬가지다. 매일 찜질방에 사우나에 화투로 하루를 보낸다. 탓할 일도 아니다. 모두 좋을 대로 하면 그만이다.

그러나 좋아하는 일만을 좋아하는 만큼 하고 사는 인생이 그렇게 좋을까? 재미없고 지루할 것 같다.

인간은 자고 싶을 때 자고 먹고 싶을 때 먹고 아무 걱정 없이 지내는 것이 행복이라는 사람도 있다. 하지만 정말 그럴까?

일하지 않아도 돈이 생기는 생활이 그렇게 행복할까?

돈을 손에 넣는 재미는 노력에 의해서 돈이 들어온다는 점이 아닌가 생각한다.

자산가의 돈이 은행에서 이자를 붙여 불어나는 것은 그렇게 행복한 것이 아니다.

손해도 보고 이익도 보고 울기도 하고 웃기도 하고 그렇게 해서 조금씩 저축되어 가는 돈이 아니라면 재미가 없다.

노하우의 축적이 필요하고 그 노하우는 자신의 노력으로 얻는 것이다. 인생도 같은 것이라고 생각한다.

돈을 버는 것도 인생도 '절대 안전하지 않다'라는 곳에서부터 출발하기 때문에 묘미가 배로 증가하는 것이다. 또 정열이 생기는 것이다. 이 세상에 재미있는 일이라는 것은 '부동산업소' 주인 같은 발상으로는 안 된다.

그런 유의 발상이 있는 한 이곳에는 슬프게도 멋있는 여자, 멋있는 남자는 영원히 부재일 것이다.

 기가 센 여자

여류 시인과 수필

가장 큰 설득력은 웅변이 아니라 그 방면에서
의 성공이다.

어느 술자리에서였다.

자칭 여류 시인이라는 한 나이 든 여자가 큰소리로,

"수필 같은 것 쓰는 사람도 작가냐?"

라고 했다. 그리고는 내게,

"김가영 씨도 수필 같은 거나 쓰지 말고 소설이나 시를 쓰
라."

고 했다. 명령인지 조언인지는 알 수 없었지만.

아무튼 그런 얘기를 듣고 있어도 나는 평온했다. 나의 이
열 잘 받는 성격에 아무런 불도 지피지 못했다. 아프지도 가
렵지도 않았다. 왜냐하면 이쪽은 훨씬 전부터 그 시인이라는
여자에게 전혀 무관심했기 때문이었다. 말하자면 시를 쓰지
않는 시인이라는 점에서.

그리고 시인은 시를 쓸 때 가치가 있는 것이다. 빛나는 것
이다. 다른 분야도 마찬가지다. 가수는 노래를 부를 때, 화

가는 그림을 그릴 때 설득력이 있는 것이다.

가장 큰 설득력은 웅변이 아니라 그 방면에서의 성공이라고 하는 말이 있다. 입으로 시를 쓰는 시인이 상처 줄 수 있는 상대는 아무도 없다. 오산이다. 착각이다.

자칭 여류 시인이라고 떠들고 싶으면 시를 써서 우리의 감성에 혼을 심어 주고 희노애락의 찬미를 보여줄 때 비로소 누군가를 설득시킬 수 있다는 것을 알아야 한다.

서두가 길어졌지만, 사실 수필을 쓴다는 것은 슬쩍 지나쳐 보면 편하게 생각하는 사람도 있기는 있다.

그러나 쓰는 입장에서 보면 이처럼 성가시고 귀찮은 일도 없다. 겨우 열두 장 또는 열다섯 장을 쓰는 것인데 엄청난 생각을 하게 하기 때문이다.

내 입장에서 얘기를 하면 때로는 픽션인 소설 쪽이 편하다면 편하다고 생각해 볼 때도 있다. 솔직히.

수필은 짧은 글 속에서 하나의 에피소드가 있어야 하고 또 에피소드 속에는 엣센스가 필요하다.

수필은 별 볼일 없는 소재라도 어딘가 한 줄 또는 두 줄 무엇인가가 없어서는 안 된다. 반드시 무엇인가가 있어야 한다. 계산이 아니라 써 가는 과정에서 그 한 줄 또는 두 줄이 나와야 한다는 얘기다. 나올 때도 있고 안 나올 때도 있지만 대개의 경우는 나온다.

예를 들어 술이라는 주제라면 처음에는 술, 술, 술 하고 써 간다. 써 가는 도중에 보이는 것이 있고 잡히는 것이 있

 기가 센 여자

다. 나오는 것이다. 그것이다.

처음부터 나오는 것이 아니라 써 가는 과정에서 하나를 뽑아내는 즐거움이 수필을 쓰는 입장에서는 기쁨이라면 기쁨이다. 그것은 많이 생각하고 괴로워한 결과로 얻어내는 것이기 때문이다.

또한 그것이 읽는 입장에서 보면 소설이나 시와 다른 묘미를 수필에서 느끼게 되는 것이라고 나는 생각한다.

수필 의뢰가 있을 때 가끔 의뢰하는 제목이 주어질 때가 있다. 그러나 대부분은 '자유' 라는 경우가 많다. 나의 경우에는 제목이 주어지는 경우가 오히려 쓰기가 쉽다. 왜냐하면 전혀 관심이 없는 테마인 경우는 거절을 하면 되니까.

'자유' 라고 했을 때는 무엇을 쓸까 하는 것을 결정하는 데 의외로 상당한 시간을 허비하게 된다.

겨우 열두 장 정도를 쓰기 위해서 몇 날 며칠을 소비한다. 괴로워 신음하면서. 그래서 쓰기는 쓰지만 그것이 또 마음에 들 때도 있고 안 들 때도 있다. 그것이 또한 괴로운 점이다.

수필은 그때 그때 느낀 대로 생각나는 대로 붓 가는 대로 쓰는 것이라고는 하지만 말처럼 그렇게 안일한 작업은 아니다. 그렇게 쉬운 일이 아니다. 남에게 보이고 싶지 않은 상당 부분을 보이고, 때로는 부끄러움을 당하면서도 내가 수필이라는 것을 택하는 이유는 나는 우선 나를 알고 싶기 때문이었다. 그리고 주변의 인간을 이해하고 싶었다.

나는 남자와 여자, 사랑과 이별에 대해서 많이 쓴다. 그것은 나의 색깔이다.

작가는 본심을 쓰는 직업이다. 수필은 그런 부분에서 더 그렇다.

글을 쓴다는 일은 창피를 뒤집어쓴다는 얘기를 하듯이, 나는 수필을 쓰면서 조금씩 나 자신이 보이기 시작했다. 나라는 여자가 얼마나 나 자신 이외의 인간과 좋은 관계를 맺지 못하는 인간인가를 싫도록 알 수 있게 되었다.

자신을 앎으로써 인간 회복이 가능하다는 것도 수필을 써 가면서 조금씩 알게 되었다.

우리 사회의 겉치레의 문화에 나는 언제나 부딪힘을 느낀다. 그리고는 절망한다.

그러나 수필을 쓰면서 나는 조금씩 정신적인 홀로서기를 해 나가고 있는 것도 사실이다. 그러니 나는 수필이라는 장르를 사랑하지 않을 수 없다. 나이 든 자칭 여류 시인의 '수필 같은 거……' 라는 표현의 무례함을 한없이 용서하면서.

 기가 센 여자

여성시대, 그리고 수필가

무엇인가를 쓴다는 것의 기본은 쓰고 싶은 무엇인가가 자기 속에 있다는 것이다.

버지니아 울프에 의하면 에세이는 소피스티케이트 (sophisticate)된 문서로서의 위치를 잡고 있다고 했다. 그것은 에세이에는 정신의 밀도가 요구되기 때문이라고 했다.

(소피스티케이트의 뜻은 세파에 닳고 닳은 모양, 세련된 멋이 풍기는 모양으로 해석할 수 있다.)

버지니아 울프가 1929년경 여류작가의 피해의식을 졸업하는 동향을 보여주었지만 가깝게는 10년 전만 해도 여성의 발언에는 피해자 의식이 흐르고 있었다.

그러나 특히 최근에 여성들은 독자적인 의견을 갖기 시작했다. 여성으로서의 가치관을 주장하는 경향도 두드러지고 여성의 지위, 사회 진출에 따른 영향도 커졌다.

글을 쓰는 사람에게 있어서 기본적인 세 가지 신기(神器)라고 하는 자유시간, 책, 자신만의 공간이 여성들에게도 주어졌다. 그런 요소들이 확보되면서 문학이 여성에게 있어서 택할 수 있는 가까운 예술인 것도 분명해졌다.

지금 세계적인 추세는 수필의 시대이다. 그 어느 때보다도 수필이 사랑받고 우리 곁에서 가깝게 숨쉬고 있는 장르임은 말할 것도 없다. 왜냐하면 많은 이유 중의 하나인 주변의 얘기를 쓸 수 있다는 특징이 있기 때문이다. 그래서 여성들이 보다 세련된 수필을 손댈 수 있게 되는 것은 시간 문제라는 생각이 든다.

또한 한국인의 파토스(pathos:감정적·열정적 정신)가 그것을 말해 주고 있다. 지적인 에세이보다도 보다 정서적 수필이라는 것이 우리들에게, 특히 여성들에게 맞다는 생각이 든다.

그러나 현재는 신변잡기나 인생 기록 등을 수필(픽션)이 아닌 형식으로 쓰면 에세이라고 해석되어지고, 수필이라는 것은 같은 내용이라고 해도 더 조용하고 차분한 것이라는 정도의 인식이 있다.

약간 얘기가 다른 곳으로 흐르지만 수필가라는 뉘앙스는 에세이스트보다 서둘러서 나이를 먹은 것 같은 기분이 드는 것도 사실이다. 내 개인적인 생각인지는 모르지만.

내가 생각하는 수필이라는 것은,
첫째, 소설과 달리 만들어서 얘기하지 않는다는 것이고,
둘째는 논픽션 또는 르뽀보다도 사적이어야 하고,
셋째, 표현 형식이나 취급하는 테마에 제한은 없지만 어떤

 기가 센 여자

문제를 취급해도 그것에 대처하는 자기라는 것이 동시에 테마가 되어 있어야 한다. 사고와 고찰도 일상 감각에 기준한 실물의 크기를 벗어나서는 안 된다.

넷째, 천하의 큰일을 얘기하지 않고 입에 발린 말도 하지 않는다.

다섯째, 반드시 체험에 뒷받침이 있어야 하고 감상은 생활자의 시점에서 얘기되어져야 한다.

여섯째, 언제나 어떤 의미에서든 재미있는 것이 아니면 안 된다. 재미있다는 것은 보는 관점이 다르다는 것이다. 다시 말해서 보는 관점에 따라 어떤 비늘이 벗겨지는 과정이 재미라는 얘기다.

나는 수필이라는 것은 언제나 그런 재미를 독자에게 안겨 줘야 한다고 생각한다.

일상에서 누구든지 목격하는 광경, 어떤 인생에도 있을 수 있는 일, 일반적으로 누구든지 지나칠 수 있는 작은 일들, 그런 얘기들을 하지만 어디엔가 지금까지 그 누구도 느끼지 못하고 보지 못했던 각도에서 아무렇지도 않은 듯 쓰는 것이 진정한 수필가가 아닌가 한다.

우리나라에서는 수필은 소설가의 여기(餘技) 또는 작가 지망생의 연습 무대처럼 생각하는 풍조가 있다. 그것은 위험한 일이다.

수필가와 소설가는 그 자질에서부터 완전히 다르다.

소설가는 액션(action)의 사람이다.

다시 말해서 자기가 얘기를 만들어 낸다. 주위가 어떻든 자기만의 세계에 빠져 들어간다. 실지 취재를 하는 경우도 있지만 그것은 자신의 작품을 위한 필요한 자료를 모아 가는 작업이다.

수필가는 리액션(Reaction)의 사람이다. 자기가 액션을 일으키는 것이 아니라 주변 상황을 반응한다.

무엇인가를 보고 무엇인가를 듣고 무엇인가를 체험해서 그것에 대해 자신의 반응을 자기대로 분석하면서 쓴다. 처음 부터 상황이 있는 것이 아니다.

수필가의 상상력은 주변의 풍물을 반영시키는 거울인 것 이다.

현실에 준해서 사물을 생각하기 위해서는 어떤 것이든 자 신의 눈으로 보고 자신의 손으로 만져 보고 가능하다면 자기 대로 해 보는 것 외엔 없다.

그래서 한 사람의 수필가가 죽을 때까지 수필을 쓸 수 있 는 자료는 반드시 그 사람 속에 숨겨져 있다는 말이 있다.

수필가는 별 재미없는 얘기라고 해도 한 줄 또는 두 줄 던 져 줄 무엇인가가 있어야 한다. 아무리 신변잡기라고 해도 어떤 한마디를 던져 줄 수 있는 사람, 그것이 수필가이다.

에세이라는 말이 몬테뉴가 쓴 책 이름 ≪Les Essais≫에 서 나온 말이라는 것은 누구나 다 알고 있다.

Essais가 복수가 되어 정관사가 붙어 있으니까 '에세이를 모은 것'이 된다.

불어의 에세이는 영어의 트라이(try)와 같은 '시도하다, 시험하다'는 의미의 말이다.

몬테뉴가 쓴 것은 철학적인 사색이긴 하지만 정확하게 구성된 논고가 아니고 잡다한 테마를 폭넓게 가끔 자신의 습관이나 일상의 작은 일들까지 포함해서 발상이 닿는 대로 써 내려가는 형식을 취하고 있다.

문제를 설정하고 거기에 대해서 생각을 깊혀 나가지만 결코 결론을 구하는 것이 목적은 아니다. 거기에 도달하기까지의 과정을 여러 가지 방향에서 시도하고 자신의 감각이나 지성을 검증하는 것, 그것이 중요한 것이다.

그런 의미에서 수필가는 살아가는 과정을 중요시하는 인생 그 자체와 같다는 생각이 든다. 인생을 시도해 보는 사람, 자신의 인생을 적극적으로 살아가는 사람만이 진정한 의미에서의 수필가가 아닌가 한다.

만일 수필가에게 수필문학 수업이라는 것이 있다고 한다면 감히 감성, 감정의 수업이라고 말하고 싶다.

어떤 마음에 있음으로 해서 한 줄이 써지는 것이다. 그것이 자타(自他) 어느 쪽을 향한 마음이든 상관없다.

이것만은 전하고 싶다는 강한 마음의 한 줄은 크든 작든 반드시 빛나 주리라고 믿는다.

어떤 면에서 수필가에게 있어서 문장수업이라는 것은 글을 쓰기 전의 오랜 시간들이 아닌가 한다. 사회생활 속에서의 많은 일들, 만나는 사람들, 가 본 곳, 먹어 본 것, 사랑했던 대상들, 그 모든 것들이다.

무엇인가를 쓴다는 것의 기본은 쓰고 싶은 무엇인가가 자기 속에 있다는 것이다. 물론 체험했던 것들 중에서.

애기를 처음으로 돌리면, 요즘은 여성시대라고 한다. 여성들의 활발한 사회참여와 확고한 자아의식, 그리고 독자적인 눈, 자립정신을 가짐으로써 여성의 활약이 눈부시다.

그러나 거기에도 함정이 있다. 부작용이다. 후유증이다.

진정한 여성시대라는 것은 도전, 자립, 사회참여 등 그 모든 것들이 갖고 있는 부작용과 후유증까지도 포함해서 수용하고 책임질 수 있을 때 비로소 완벽한 여성시대라고 할 수 있다.

그때 비로소 매력적인 수필이라는 장르가 여성에게 너무도 자연스럽게 일치할 수 있는 것이 아닌가 한다.

왜냐하면 여성은 사랑, 결혼, 출산, 미움, 증오, 그리움 등 그 모든 감성과 감정의 현장에서 어느 것 하나 놓치지 않고 시도하는 입장에서의 인생을 살아가고 있기 때문이다.

 기가 센 여자

나의 로맨스

바텐더와 카운터에 앉아 혼자 위스키를 마시는
남자. 두 사람이 주고받는 가벼운 대화. 그러나
그 속에는 인생의 절망과 쓸쓸함이 있다.

헤밍웨이의 작품에 나오는 선술집은 오랜 세월 나의 동경
의 대상이었다. 반드시라고 해도 과언이 아닐 만큼 그의 작
품 속에는 술집이 등장한다.

예를 들어 바텐더와 카운터에 앉아 혼자 위스키를 마시는
남자, 두 사람이 주고받는 가벼운 대화, 그러나 그 속에는
인생의 절망과 쓸쓸함이 있다. 읽는 사람으로 하여금 인생이
란 그런 것이다라는 것을 느끼게 하고 낯선 두 사람이지만
동지애를 느끼게 한다.

그만큼 술집이라는 장소는 남자들의 피난의 장소이기도
하고 어떤 면에서는 안도의 장소이기도 하다는 얘기다. 어쩌
면 고독할 때 찾을 수 있는 곳이기에 멋스러운 점도 더러는
있다.

나는 그런 장면의 묘사를 읽으면서 남자만이 갖는 멋스러
움과 고독, 그런 남자와 그런 술집에 무조건적인 동경을 했
다. 내 청춘의 대부분의 시간을.

그리고 내가 만일 남자라면 나도 그렇게 해 보고 싶었다. 재즈가 흐르는 피아노 바 카운터에 앉아서 진이나 위스키를 멋있게 마시며 때로는 바텐더와 나의 심중을 털어놓고 싶었다. 아니면 그런 남자라도 보고 싶었다.

그러나 여자라고 해서 못할 것도 없다. 마흔이 넘으면서 나의 그 꿈이 이루어졌다. 솔직히 말해서 그것은 나이가 가져다 주는 뻔뻔함 덕분인 것도 사실이다.

요즘 나는 가끔 바 카운터에 앉아서 혼자 마티니나 브랜디를 마신다. 소설 속에서처럼 바텐더와의 멋있는 대화는 없지만.

나는 술을 좋아한다. 대개 오후 여덟 시 경이면 마시고 있다.(그렇다고 내가 알콜중독은 아니다. 오해를 덜기 위해서.)

좋은 상대와 같이 마시는 술은 말할 것도 없이 즐겁다. 술맛도 좋다. 그러나 상대가 없어도 좋다. 맛있는 안주를 만들어서 비디오 영화를 보며 혼자 마시는 술도 때로는 좋다.

단 한 가지, 한 장소에서 배가 터지도록 먹고 마시는 것은 싫다.

어떻게 된 일인지 제주 남자들은 지독하게 한 장소에 앉아서 먹고 마시는 사람이 많다. 먹고 또 먹고, 마시고 또 마신다. 이쪽은 배가 불러서 다운 직전인데 다시 단란주점이라는 곳엘 가자고 한다. 때로는 룸살롱, 때로는 가라오케. 그것까지도 좋다고 치자. 거기서 또 먹고 마신다.

 기가 센 여자

먹성 좋기로는 나도 둘째 가라면 서러운 사람인데도 도저히 쫓아갈 수가 없다.

나는 분위기 좋은 이 집에서 한 잔, 저 집에서 한 잔 하는 식으로 마시는 것을 즐긴다. 그런 것이 좋다.

분위기 있는 술집이 없다는 것도 문제이지만 제주 남자들의 술 마시는 패턴은 언제나 정해져 있다. 일률적이다. 앉은 자리에서 실컷 먹고 마시고. 매력이 없다. 섹시함이 없다.

나의 편견과 독단으로 얘기를 한다면 실컷 먹고 마신 뒤 단란주점 같은 데서 필사적으로 노래하는 남자 치고 멋있는 남자를 본 일이 없다.

술과 담배 양쪽을 다 즐기는 남자들 중에는 가끔 멋있는 남자가 있다. 그러나 멋있는 남자는 노래방에서 열을 올릴 시간이 없다. 아마도 사랑하는 연인과 어느 이름 모를 바 카운터에 앉아 조용히 술을 마시고 있을 것이다. 연인의 눈을 마주 보며.

나는 제주시에서 태어났다.

올해 마흔여덟이지만 객지 생활 몇 년을 빼고 다시 제주시에서 살고 있다. 정도 들고 말할 것도 없이 제주가 좋다. 많은 추억도 있다.

그러나 단 한 가지 유감스러운 것은, 이 나이가 되도록 제주에서는 나의 로맨스가 없었다는 것이다.

그것은 아마 헤밍웨이의 작품에 나오는 남자처럼 고독하게 혼자서 술을 마실 수 있는 성숙한 남자가 없었기 때문이 아니었나 하는 생각이 든다.

　인생의 반을 살면서도 없었던 로맨스, 앞으로도 제주에서는 없을 것 같은 나의 로맨스.

˙다른 곳이 아닌 제주에서 나의 로맨스가 없었다는 것은 아주 슬프다는 생각이 들 때가 있다. 문득 내가 살아온 뒤를 돌아보는 아주 짧은 순간에.

남자와 여자에 대해서

이 세상에 남자와 여자가 따로따로 있다고 생
각을 하니까 이해가 안 되는 것이다. 인간이라
는 하나의 단위로 생각하면 된다. 뜨거운 것은
뜨겁고 차가운 것은 차갑다고 남자든 여자든
느끼는 것이 아닌가.

오랜 세월 남자란 존재에 대해서 잘 모르고 살아왔다. 아
니 아예 몰랐던 것은 아니다. 처음에는 나름대로 알고 있었
다. 남자는 강하고 가족을 부양하고 울지 않고 언제나 당당
하고 하는 식으로. 아버지가 그랬던 것처럼 말이다.

무슨 일이 있으면 아버지가 언제나 해결을 해 주었었다.
조르고 조금 울기만 하면 해결 안 되는 일이 없었다.

그런데 어느 때 문득 아버지는 만능의 신이 아니라는 것을
알았다. 내가 실연했을 때였다.

한 남자를 사랑하고 그 사랑이 깨지고 슬픔에 젖어 집으로
돌아왔을 때 거기에 아버지가 계셨다. 그렇지만 나는 역시
외로웠다. 아버지가 있음에도 불구하고 버려진 고아처럼 외
로웠다.

더 커서 성장하고 다시 사랑함으로써 남자에 대한 개념이
완전히 허물어졌다. 남자도 운다는 것을 발견했고 그것은 큰

충격이었다.

　그리고 반드시 남자가 강한 것만은 아니라는 것을 알았다. 여성답고 질투심 많은 동물이라는 것도 알았다. 남자만이 여자를 부양하고 인생을 헤쳐 나가는 것만도 아니라는 것을 나의 체험을 통해서 알았다.

　글을 쓰게 되어서 자신을 파헤치는 작업이 계속되었다. 그러면서 이상하게도 자신을 발견해 나가는 과정에서 남자에 대해서 조금씩 알게 되었다.

　이 세상에 남자와 여자가 따로 따로 있다고 생각을 하니까 이해가 안 되었던 것이다. 인간이라는 하나의 단위로 생각을 하면 그것으로 되는 것이었다. 뜨거운 것은 뜨겁고 차가운 것은 차갑다고 남자든 여자든 느끼는 것이 아닌가 하고.

　여자에게 있어서 좋은 것은 남자에게도 좋은 것이다. 여자가 싫다고 느끼는 것은 남자도 싫은 것이다.

　자기가 무엇을 바라고 또 무엇을 바라지 않는가를 정말 알 수 있다면 상대방의 그것도 알 수 있는 것이라는 생각이 들었다. 그런 것을 알게 된 후 나는 남자에 대해서 조금씩 쓰게 되었다.

　어렸을 적 꿈꾸었던 남성상은 어디에도 없다.

　현실에는 남자다운 남자란 존재하지 않는다. 어디에도.

　내 주변을 둘러보면서 언제나 느끼는 것이지만 무엇인가 창조적인 일을 하는 남자들은 대개 여성다움을 그 내면에 갖고 있다.

외견이 여성적인 사람도 있고 그들에게서 풍기는 것이 여성적인 사람도 있고 감성이 그런 사람도 있다. 그들이 무엇인가를 창조해 가는 과정에서 절대적으로 요구되는 것은 그 여성적인 신경이라는 생각이 든다.

반대로 여자의 경우는 어떤가 하면 남성적인 면을 보다 많이 갖고 있는 사람에게서 창조자가 많다. 글을 쓰는 여자, 디자인을 하는 여자, 그림을 그리는 여자, 음악을 하는 여자들에게는 남성적인 부분이 많다.

그런데 남성이 무엇인가를 창조할 때 그들이 갖고 있는 여성적인 부분이 많다고는 하지만 외면에 나오는 작품은 남자다운 것이 된다. 그것이 이상스럽고 또 재미있다.

남자가 섹시하다고 느껴지는 경우 대개 그 남자는 평균보다 많은 여성적인 것을 그 안에 포함하고 있다.

여자의 경우도 마찬가지다. 섹시한 여성은 왠지 남성적인 요소가 강한 것이 사실이다.

또 있다. 내숭을 떨고 단순히 풍만한 가슴과 타이트한 스커트를 입었다고 해서 섹시한 것은 아니다. 섹시하다는 것은 모양이 아니다. 마음이다. 내면의 문제다. 포근함의 문제다. 인생에 대한 자세의 문제다.

남자에 대해서도 마찬가지다. 전에는 완벽한 남자가 멋있어 보였었다.

그런데 지금은 다르다. 자연스런 멋이 좋다. 보통의 차림이 어울리고 웃는 모습이 좋고 품위 있는 유머를 슬쩍 던지는 그런 마음 따뜻한 남자가 섹시하다는 생각이 든다.

보통인 것, 자연스러운 것이 가장 섹시하고 멋스럽다.

애기가 옆으로 흘렀지만, 아무튼 남자는 그 속에 누구든 조금씩 여성적인 면을 갖고 있고 여자도 그 속에 조금씩 남성적인 면을 갖고 있다.

그래서 우리들은 상대방을 이해하게 되고 남자와 여자가 조금씩 닮아지는 것이라는 생각이 든다.

벚꽃 흐드러진 날

인생을 살아가는 데는 거창한 성공이 아니더라
도 자신이 바라는 삶을 살 수 있는 것이 바로
성공이다.

인생에서 가장 소중한 것이 무엇인가고 생각해 보면 역시 나는 만남이라는 생각이 든다. 만남이 없으면 아무런 것도 시작되지 않기 때문이다. 그것은 말할 것도 없다.

결혼을 하고 싶어도 그럴 만한 사람과 만나지 않으면 할 수가 없고, 좋은 일을 하고 싶어도 자신의 능력을 인정해 주는 회사와의 만남이 없으면 불가능한 일이다. 자기 자신은 별 능력이 없더라도 만난 사람에 의해서 자신이 돋보이는 경우도 있다.

만남이라는 것은 한 사람의 인생을 크게 좌우하는 커다란 요소이다. 아니 때에 따라서는 그 사람의 인생을 결정짓는 일이라고 해도 과언이 아니다.

그렇다고 사람을 많이 만난다고 해서 좋은 사람을 만난다는 것은 아니다. 만나야 할 사람을 만났을 때 그것이 좋은 만남이 된다는 얘기다. 우리들은 많은 사람들과의 만남 속에서 일을 하고 인생에 대한 꿈을 키워 나가기 때문이다.

〈성공〉이라는 미국의 월간지가 있다. 그 잡지의 창간자이자 세일즈의 신이라고 불리워지는 클레멘트 스톤은 성공에 대해서 이렇게 말했다. '성공의 비결은 자기가 하고자 하는 일에 대해 조언해 주는 사람을 만나는 데 있다'고.

운이라는 말이 있다. 성공한 사람에게 특히 운이 좋았다라는 식으로 얘기를 한다. 그러나 운이라는 것도 생년월일이나 성명 판단이 아니라 만남에 있다는 얘기가 있다. 혼자 살아갈 수 없는 것이 인간이기 때문에 좋은 만남이야말로 최대의 운이라고 할 수 있다.

아마 교육이라는 것 중에 선생님과의 만남만큼 중요한 일도 없다는 생각이 든다. 자신의 인생이 그 선생님과의 만남에 의해서 결정되는 부분이 크기 때문이다.

선생님에 의해 의식 변혁을 하는 경우도 있고 행복한 인생이란 것의 의미도 선생님을 통해서 가장 먼저 배우게 된다.

인생에서 가장 아름답다고 하는 학창 시절, 긍지와 반짝거림과 물기 어린 미래가 기대되는 시기, 그런가 하면 상처받기 쉽고 무엇에든 민감하게 반응하고 좌절하기 쉬운 감성을 지닌 때이다.

그런 학창 시절, 좋은 선생님과의 만남은 나의 행운이었다. 선생님과의 만남은 내 인생의 최초의 전환점이 되었다.

30여 년 전, 내가 고등학교 3학년이었을 때 우리 반의 담임 선생님은 굉장히 따뜻한 분이셨다. 그 당시만 해도 지금과는 달리 우리나라가 경제적으로 어려운 때였다. 특히 진학 문제에 있어서도 고민이 성적보다도 경제 사정에 있었다. 선생님은 우리들의 어려움이나 고민에 대해 언제나 의논의 상대가 되어 주셨다.

그뿐 아니라 선생님은 어떤 얘기라도 잘 들어주셨다. 끈기를 가지고, 따뜻한 눈으로 우리를 쳐다보시면서 '그래? 그래. 그렇구나' 하고 응수하시면서.

그 선생님과 얘기를 하고 있으면 나는 왠지 재능이 있는 것 같은 생각이 들었다. 나도 하면 할 수 있다는 그런 기분이 들었다. 나라는 존재가 조금은 사회에 필요한 사람이라고 여겨졌다.

선생님과 얘기하고 있으면 생기가 돌고 내가 말을 잘하는 것 같은 그런 기분이 들었다. 선생님은 그런 이상한 힘을 가지신 분이셨다.

나는 상대방의 얘기를 잘 들어주는 것이 얼마나 훌륭한 일인가 하는 것을 선생님을 통해서 배웠다.

급한 성격의 나는 곧잘 상대가 충분히 말을 끝내지도 않았는데 말을 막아 버릴 때가 있다. '말하자면 그렇다는 얘기지?' 하는 식으로.

그것은 상대에 대해서 대단한 실례여서 충분히 신경을 쓰려고 노력하고 있지만 여태껏 잘 안 된다.

그러고 보면 상대의 얘기를 잘 들어주시던 선생님이 참 대단한 분이셨구나 하는 생각이 들 때가 많다.

　나의 인생의 첫 시련은 내가 대학진학 시험에 실패했을 때였다. 그 실패는 마치 인생에 대한 실패인 것 같은 느낌마저 들었다.

　합격자 명단에 내 이름이 없었을 때의 실망감과 좌절감. 그것은 오랜 세월이 지난 뒤까지도 잊기 어려운 상처였다. 나를 필요로 하고 있지 않다고 해석하는 데서 오는 좌절감, 최선을 다하지 못했던 것에 대한 후회, 실패라는 골 깊은 상처, 수치심과 굴욕과 알 수 없는 분노 때문에 정말 괴로웠었다.

　거기에 대학 입시의 실패는 나 자신에 대한 혐오감마저 들게 했다. 이미 나는 나 자신을 사랑하지도 않고 다시 사랑할 수도 없을 것 같았다.

　식욕도 없고 아무도 만나고 싶지가 않았다. 나는 버스를 탔다. 함덕의 빈 겨울 바닷가에 서서 울었다. 얼마나 울었는지 눈물에 젖은 양볼이 차가운 겨울 바람에 스쳐 몹시 쓰라렸다.

　바닷가에서 울다가 다시 시내의 이 구석 저 구석을 헤매고 다녔다. 어두워질 무렵부터 추적추적 비가 내리기 시작했다. 겨울비 속을 헤매고 다니느라 춥고 지쳤다.

　아주 늦은 시간이 되어서야 나는 집으로 돌아왔다. 그때 나의 집 대문 앞에 비를 피하듯이 한 남자가 서 있었다. 어둠 속에서 그가 피우는 담배 불빛이 서너 번 반짝거렸다.

　대문 앞으로 다가서는 내게 남자가 말했다.

 기가 센 여자

"이제 오니?"

어둠 속에서 들려온 따뜻한 목소리, 서 있는 남자는 선생님이었다.

"꽤 오래 기다렸어."

선생님의 그 말씀에 나는 왈칵 눈물이 쏟아졌다.

"집에서 걱정하고 계시니까 들어가서 말씀드리고 나와. 선생님하고 얘기 좀 하자."

나는 그냥 서 있었다. 왠지 서럽고 심술이 났다. 부끄럽고 화가 났다.

"어서, 감기 들겠다. 옷도 갈아입고……."

선생님이 따뜻하게 대해 주실수록 더 서럽고 더 심술이 났다.

시험에 실패한 것을 힐책해 주면 차라리 마음이 편하겠는데, 나를 위해 마음 써 주시는 선생님의 따뜻한 배려가 오히려 부담스러웠다.

바하가 흐르는 찻집에 찻잔을 앞에 놓고 나는 선생님과 마주 앉았다.

"따뜻한 차를 마셔 봐. 마음이 좀 편안해질 테니까."

나는 여전히 심술이 나서 고개를 숙인 채로 앉아 있었다.

"후기 시험이 2월에 있으니까 다시 한번 도전하는 거야. 알았지?"

"전 안해요. 대학 안 간다니까요."

마치 시험의 실패가 선생님 탓인 양, 아니 어린아이가 엄마한테 투정을 부리듯이 대답했다.

나는 눈물이 났다. 왜 하필이면 나인가. 대상 없이 그 누구에겐가 향해 분노가 일었다. 불공평하게 여겨졌다.

"난 너를 믿어. 넌 할 수 있어."

"자존심 상하게⋯⋯. 여기가 안 되니까 저긴가요. 전 대학 안 간다니까요."

나는 점점 엉망이 되어가고 있었다. 그럴수록 선생님께 더 투정을 부렸다.

"그래. 시험을 안 봐도 좋고 대학엘 안 가도 좋다. 그렇지만 그렇게 작은 너로서 만족하겠다는 거니? 그것으로 좋은 것이니?"

선생님의 따뜻한 목소리 속에는 강한 그 무엇이 있었다.

"실패했을 때 좌절하는 것은 보통 사람들이 하는 일이야. 실패했음에도 불구하고 다시 도전해 보는 것은 용기 있는 사람들이 하는 거고. 용기 있는 사람들만이 성공이라는 것을 잡을 수 있는 거야."

"⋯⋯."

"선생님은 널 믿는다. 너의 용기를 믿고, 넌 하면 할 수 있다는 것을 난 알고 있어."

나는 끝내 소리내어 울어 버렸다. 버려진 고아 같던 기분의 나를, 선생님의 기대치에 못 미친 나를, 끝까지 버리시지 않고 나를 믿어 주시는 선생님의 사랑 앞에 목놓아 울었다. 상처받은 기분을 보상받은 듯이 나는 선생님의 따뜻함에 소리내어 울어 버렸다.

찻집에는 서너 커플의 연인들이 앉아 있었다. 나는 나의 슬픔 때문에 그들에게 신경쓸 여유가 없었다. 찻잔도 선생님의 얼굴도 눈물에 가려 보이지 않았다.

그 다음날부터 나는 다시 공부를 했다. 나 자신을 위해서. 아니 솔직히 얘기를 하면 그때는 선생님을 위해서였다.

어느 쪽의 이유이든 대학시험에 다시 도전할 수 있었던 용기는 선생님의 무조건적인 신뢰 때문이었다. 나에 대한, '너를 믿는다'는 그 한마디가 내게는 인생의 터닝포인트가 된 셈이었다.

인생의 후반에 접어드는 나는 지금도 그때의 일을 떠올린다. 어려운 일에 부딪칠 때마다 선생님의 그 말을, '하면 할 수 있어. 난 너를 믿는다'는 그 말을.

믿어 준다는 힘이 얼마나 큰 것인가 하는 것을 나는 그때 알았다.

선생님은 내게 믿음이라는 것을 가르쳐 주셨다. 인생의 훌륭함도 일깨워 주셨다. 인생을 살아가는 데는 거창한 성공이 아니더라도 자신이 바라는 삶을 살 수 있는 것이 바로 성공이라고.

작든 크든 그 성공은 믿음과 용기에 의해서 얻어진다는 것을 나는 배웠다.

그런 생각을 하면서 이 원고를 쓰고 있자니 갑자기 물밀듯이 선생님을 뵙고 싶은 그리움이 밀려온다.

나는 수첩을 뒤져 전화번호를 눌렀다.

뵙지 못했던 긴 세월에 대한 변명도 설명도 나는 하지 않았다. 내게 믿음과 용기를 가르쳐 주신 선생님이시니까.

"선생님, 벚꽃이 흐드러지게 피었어요. 너무 아름다워서 전화 드렸어요. 뵙고 싶어요. 몬드리안에서요."

삼십여 년 전보다 더 따뜻한 목소리로 '그럴까?' 하고 선생님은 대답하셨다.

 기가 센 여자

한여름, 헤밍웨이

짧은 시간, 사랑이 아름답게 있을 수 있었던 것
은 우리들의 만남이라는 것이 반드시 이별을
내포하고 있다는 걸 알았기 때문이다.

여름이면 언제나 떠오르는 장면이 있다. 쿠바의 수도 하바
나다. 1950년대 '거리 속의 마녀'라고 불렸던 도시, 세계에
서 가장 섹시한 도시, 헤밍웨이가 더없이 사랑했던 거리. 하
바나의 술집 프로리디타에서 술을 마시는 것이 유일한 안식
의 시간이라고 할 만큼 헤밍웨이가 사랑했던 거리다.

나이트 클럽이 줄서 있고 최고급 담배와 카지노가 밤을 유
혹하는 거리, 그러나 관능적이고 멋스러움 뒤에는 실망과 허
무가 따르고 빈곤이 있다. 향락과 어둠과 절망, 그런가 하면
거기에 말할 수 없이 아름답게 펼쳐지는 카리브 해변…….

헤밍웨이의 작품 〈해류 속의 섬들〉 중 제2부 쿠바의 끝부
분에 인상적인 장면이 있다.

남자 주인공이 대낮부터 하바나의 어느 술집에서 술을 마
시고 있다. 쿠바의 눈부신 태양이 쏟아지는 광장이 술집에서
보인다. 뿌옇게 마른 먼지를 날리면서 달려온 한 대의 차가

거기에 세워진다. 차에서 내리는 여자, 섹시하고 다소 냉담한 듯한 표정의 여자, 그 여자가 술집 안으로 들어선다.

그 여자와 술을 마시고 있던 남자의 재회, 두 사람은 술잔을 부딪치며 재회의 기쁨을 나눈다.

두 사람의 건배 장면이 정말 멋있다.

"이제부터 두 사람이 저지르려고 하는 모든 잘못에 건배!"

얼마나 멋있는 대사인가.

나는 헤밍웨이가 그려낸 그 멋있는 건배 장면 때문에 여름이면 언제나 하바나를 떠올린다.

연극과를 다니던 대학 시절 나는 헤밍웨이를 흠모했다. 그것은 〈누구를 위하여 종은 울리나〉에서 남자 주인공이 여자에게 '당신은 나의 미래요'라고 한 것을 본 뒤부터였다. 한 남자가 한 여자에게 당신은 나의 미래요라고 말하게 한 헤밍웨이가 존경스러웠다.

사냥과 낚시, 투우 등 남성적인 이미지로 내게 정착되었던 헤밍웨이가 사실은 그 어떤 작가보다도 섬세하고 상처받기 쉽고 여자와 남자의 사랑을 그려내는 데는 완벽한 작가라는 것에 매료당하기 시작했다.

전쟁 중 헤밍웨이가 적십자 병원에 입원했을 때 간호부와 사랑에 빠진 얘기를 쓴 〈무기여 잘 있거라〉에서 보여준 남자의 눈물 중에서 가장 아름다운 눈물이었다.

아내가 출산하다 죽는 장면이 있다. 병원 복도 귀퉁이에서 커다란 남자가 등을 돌리고 울고 있다. 숨을 죽이고 컥컥대며, 눈물로 범벅이 된 얼굴에 큰 손을 묻은 채.

'나를 사랑한 대가가 이것입니까? 신이여, 아내를 뺏어 가지 마십시오. 무엇이든 하겠습니다. 여태껏 나쁜 짓도 해 왔지만, 제발 아내를 뺏어 가지 마십시오.'

아내를 위해서 그렇게 울고 있는 남자를 보며 〈무기여 잘 있거라〉의 캐서린이 나는 정말 부러웠다.

나는 그 당시 한 남자를 사랑하고 있었다. 헤밍웨이를 좋아하는 남자였다.

그 남자는 커다란 바위 같은 체격과 턱수염이 그렇게 젊지 않았을 때의 헤밍웨이와 아주 닮아 있었다. 더 닮은 것은 헤밍웨이의 상처받기 쉽고 섬세하게 흔들리는 감성이었다.

우리는 헤밍웨이의 짧은 문장, 격조 높은 세련된 대화, 남녀간 불모의 사랑을 그려내는 데 명수라는 것에 같이 공감했다. 그리고 헤밍웨이의 많은 작품을 더불어 사랑했다.

그러나 나의 헤밍웨이는 내게 '당신은 나의 미래요'라고 한 적도 없고 나를 위해 울어 준 적도 없었다.

헤밍웨이의 〈오후의 죽음〉에서 '두 사람이 사랑하고 있다면 행복한 결말은 있을 수가 없다'는 말에 나의 헤밍웨이는 무엇보다도 크게 공감하고 있을 뿐이었다.

그때 이미 나의 헤밍웨이는 내게 싫증을 느끼고 있었다.

사랑은 식는 것이고 사랑에도 시작이 있으면 끝이 있다는 것을. 그리고 짧은 시간 사랑이 아름답게 있을 수 있었던 것은 우리들의 만남이라는 것이 반드시 이별을 내포하고 있기 때문이라는 것을 우리는 서로 알고 있었다.

그가 헤어지자고 했을 때 매달리지 않고 그를 해방시켰던 것은 그가 나의 유일한 희망이었기 때문이었다. 매달린다는 것은 치명상이라는 것을 나는 알고 있었다.

그는 나라는 여자로부터도, 헤밍웨이처럼 좋은 글을 써 보겠다는 것으로부터도, 도시로부터도 떠나 버렸다. 오로지 해방되고 싶다는 이유로.

마흔이 조금 지나서부터 나는 고향 제주에 살고 있다.

이곳의 여름은 바람과 태양의 풍경이다. 여름의 너무도 눈부신 태양은 빛마저도 삼켜 버려 오히려 어두움으로 보이게 한다.

권태와 무료함으로 질식할 것 같은 여름 어느 날, 미친 듯이 불어제치는 바람은 때때로 나에게서 이성을 빼앗아 버리기도 한다.

그러나 가끔 모래 섞인 바람이 불어대는 신양리 바닷가를 걸을 때면 왠지 카리브 해변을 떠올리곤 한다. 그것은 병이다. 여름이면 병처럼 제주와 신양리 바닷가와 하바나의 풍경이 바로 내 이마 앞에 겹쳐 나를 떠나지 않는다. 그것이 나라는 여자를 이곳에 머물게 하는 가장 유일한 이유라는 것을 나는 알고 있다. 이미 오래 전부터.

며칠 전 한 통의 편지를 받았다.

발신인도 주소도 없었다. 그러나 제주우체국이라는 소인이 찍혀 있었다.

 기가 센 여자

놀랍게도 이십여 년 전의 나의 헤밍웨이한테서였다. 그는 훨씬 전부터 이곳에 와서 살고 있었다. 만나고 싶다는 내용이었다.

오랜 세월 같은 곳에 살면서도 연락이 없었던 것에 대한 추궁도 커다란 두근거림도 이미 내겐 없었다.

정열과 기대, 그 어느 쪽도 남아 있지가 않았다. 그러나 확실하게 꼬집어 말할 순 없지만 그 무엇인가 하나의 기대는 있었다. 말하자면 헤밍웨이에 대해 더불어 공감하던 시절의 향수라고나 할까, 그런 것이었다.

태양이 지글거리는 정오, 흙먼지 날리는 시골길 옆 선술집에서 나는 예전의 나의 헤밍웨이와 만났다.

그는 살이 찌고 텁텁하고 조금은 지저분한 느낌마저 들었다. 나는 실망했다. 예전에 그는 아름다운 남자였다.

모든 것을 버리고 당신이 선택한 것이 이것이냐고 내가 물었다. 그는 그저 그냥의 표정을 지어 보였다.

아무튼 그와 나는 건배를 했다. 그러나 그 누구도 먼저 입을 열어 헤밍웨이 풍으로 '우리들이 앞으로 저지르려고 하는 모든 잘못에 건배'라고는 하지 않았다.

지글대는 태양과 정오의 선술집이라는 것을 빼면 우리는 지독히 현실적인 남자와 여자가 되어 있었다.

그렇게 남의 속도 모르고

―샤브리를 마시면서 뒤라스의 ≪북의 연인≫에 대해서 애기 나누실 분. 연락 바람. 사서함 ○○○. 부애정―

그 광고를 보고 강사석은 사실 호기심이 생겼다. 보통 '구인. 교제 원함. 성실한 분' 하는 식의 것은 봤지만 이런 내용의 것은 처음이었다.

물론 강사석은 구인란이라든가 구직란이라든가의 애독자는 아니다. 애독자는커녕 아예 관심도 없었다. 일이 그렇게 되려니까 친구와 약속이 있던 그날, 친구를 기다리며 찻집 테이블에 있던 사랑방인가 신구간인가 오일장인가 하는 주간 정보지를 들척거리다 발견한 기사였다. 특이한 몇 줄이 눈에 띄어서 호기심에 그 부분만 오려 뒀던 것이다.

'샤브리를 마시면서'라는 부분이 그의 관심을 끌었다. 물론 부애정이란 이름은 가명이겠지만. 첫째는 샤브리란 것이 어떤 것인지 모르는 것에 대한 호기심이었고, 둘째는 샤브리란 말이 로맨틱하고 멋스럽다는 느낌이 들어서였다. 뒤라스

라는 작가는 알고 있었지만 그녀의 작품을 읽은 적은 없었
다. 그 유명한 작품 〈연인〉도 영화로 봤을 뿐이었다.

뒤라스의 〈북의 연인〉이란 작품은 처음 듣는 것이었다.

수일 후 책방에 가서 어렵게 〈북의 연인〉을 구했다. 왜 어
렵게인가 하면 여섯번째 책방에서야 그 책을 찾았기 때문이
었다.

그리고 그날 언제나 가는 바에서 샤브리를 주문했다. 그것
은 고급 화이트 와인이었다. 요리를 먹기 전 식전 술로도 적
당하지만 요리에도 잘 어울리는 프랑스 와인이었다.

그날 두 잔을 시켜 마셨다. 천천히 음미하면서, 교제란에
광고를 낸 부애정이란 여자에 대해 생각해 보면서.

사실 단순히 뒤라스에 대해서 애기를 나누자고 한 내용이
었다면 별 흥미가 없었을 것이다. 문학 소녀라든가 아니면
작가 지망생인 여자에겐 흥미가 없으니까. 강사석에겐 왠지
그런 여자는 아주 유아적이거나 지독히 고집스럽거나 그런
성격의 여자일 것이라는 편견이 있었다.

산다는 것이 무엇인가를 아는 여자, 세속에서 말하는 괜찮
은 여자임에 틀림없을 것이라는 생각이 든 것은 샤브리를 마
셔 본 뒤였다. 이국 정서가 있고 어딘가에 로망이 있고 산뜻
하고.

강사석은 바 구석진 자리에 앉아 대충 〈북의 연인〉을 훑어
보았다. 그리고 답장을 썼다.

—뒤라스의 〈북의 연인〉이 〈연인〉과 같은 맥락일 것이라고

생각했던 것은 저의 오산이었습니다. 뒤라스의 보다 더 본질적인 주제 '사랑과 죽음'을 이해하는 데 도움이 되었습니다. 뒤라스가 〈연인〉과 〈북의 연인〉을 필연적으로 쓸 수밖에 없었던 것처럼 댁과 저도 필연적으로 만날 수밖에 없다는 생각이 들었습니다. –

그리고 강사석도 신중을 기해 사서함 주소를 적어 보냈다.

며칠 지나서 연락이 왔다. 만날 장소와 시간이 적혀 있었다. 그리고 상대를 알아볼 수 있게 책을 지참할 것이 추신으로 적혀 있었다.

토요일 저녁 일곱 시, 그랜드호텔 바, 환타지야.

약속 시간에 맞춰 강사석은 차를 몰았다. 거리에는 하나 둘 네온이 켜지기 시작했다.

신제주 마리나 호텔쯤에서 신호에 걸렸다. 그때 강사석은 잠시 아내를 생각했다. 아내 몰래 딴 여자를 만난다는 죄책감이 없지는 않았다.

그러나, 문제는 그러나다. 사실 요즘의 아내를 생각하면 절망 그 자체다.

아이를 낳을 때마다 옷 사이즈가 늘어나더니 지금은 칠칠 사이즈다. 게다가 손질이 편하다는 이유로 언제나 짧은 퍼머머리다. 그런데 손질은커녕 푸시시하고. 또 있다. 고무치마나 추리닝 차림으로 주부 열창가요나 TV 연속극만 본다. 그리고 또. 신호가 바뀌었다. 에잇! 그만두자. 생각할수록 절망감만 더할 뿐이니까.

호텔 주차장에 차를 세우고 강사석은 룸미러를 보며 넥타이를 고쳐 맸다. 차 뒷자리에 뒀던 재킷을 입었다.

바에는 그 여자가 아직 오지 않은 것 같았다. 위쪽 구석진 자리로 데이트 커플이 한 쌍, 그뿐이었다.

강사석은 바 스탠드로 가서 앉았다. 바텐더가 무엇을 주문하겠느냐고 해서 샤브리를 주문했다.

30분이 지났다. 여자는 아직 나타나지 않았다. 어쩌면 오지 않을지도 모른다. 만일 온다고 해도 지독히 못생긴 여자일지도 모른다는 생각이 들었다.

하긴 그렇다. 토요일 밤에 아름답고 멋있는 여자가 혼자 있을 리 없다. 하물며 그런 광고를 낼 이유도 없다. 그렇다면 지금이 찬스다. 달아나려면.

강사석은 서둘러 전표를 들고 계산대로 갔다. 계산을 하고 있을 때였다.

"여보!"

하는 익숙한 목소리에 반사적으로 몸을 돌렸다. 아내가 계산대 바로 옆 입구에 서 있었다.

"당신?!"

강사석은 진짜 정말 놀랐다.

"당신 웬일이야, 여긴?"

"오늘 동창 모임이 있다고 했잖아요. 당신이야말로 웬일이세요?"

아내가 새촘한 표정으로 물었다.

"나도 모임이 있다고 했잖아."

엉거주춤 얼렁뚱땅하며 강사석은 힐끔 아내 쪽을 탐색하듯이 쳐다보았다. 순간, 혹시 이 여자? 그렇다면 책은? 핸드백 속? 아냐. 그럴 리 없어. 책은커녕 종일 TV 연속극만 보는 여잔데. 더구나 샤브린가 뭔가는 알지도 못해. 하긴 눈앞에 있는 아내는 푸시시한 머리가 아니다. 단정하게 손질된 쇼트헤어. 빨간색 립스틱. 넉넉한 몸매이긴 하나 깔끔한 밤색 투피스 차림이다.

"그럼, 나가자구."

계산을 마치고 강사석이 당황함을 감추려는 듯이 서둘러 말했다.

"아직 시간이 좀 남았어요. 모처럼인데 한잔 마시고 가요."

아내가 빠른 타이밍으로 말을 막았다.

두 사람은 스탠드로 앉았다.

"당신 뭐 마시려고?"

강사석이 물었다. 아내가 잠시 생각하는 듯했다.

"샤브리 마실까?"

"그래요. 샤브리요."

하고 아내는 말끝은 바텐더에게로 던졌다.

순간 강사석은 아내의 옆얼굴을 보았다. 아내가 고개를 돌려 그 시선을 받았다. 강사석과 아내의 시선이 잠시 엉겼다.

그런가? 아닌가? 강사석의 머리 속은 여전히 혼란스러웠다.
　바 환타지아 안에는 〈러브 이즈 워〉가 잔잔히 흐르고 있었
다. 사랑은 전쟁이라나 뭐라나 하면서.

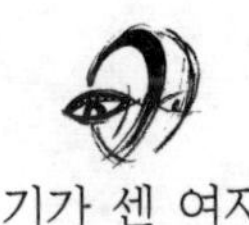

기가 센 여자

1판 1쇄 인쇄/1998년 4월 15일
1판 1쇄 발행/1998년 4월 20일

지은이/김가영
펴낸이/임종대
편집·교정/권태순
펴낸곳/미래문화사
등록 번호/제3-44호
등록 일자/1976년 10월 19일
주소/서울시 용산구 효창동 5-421
전화/715-4507, 713-6647
팩시밀리/713-4805

ⓒ 1998, 미래문화사

값 7,000원

ISBN 89-7299-155-4 03810